跃跃纸上

厚圃 著

清心明目厚書

SPM
南方传媒 | 花城出版社
中国·广州

图书在版编目（CIP）数据

跃跃纸上 / 厚圃著. -- 广州 ： 花城出版社， 2024.
10. -- ISBN 978-7-5749-0283-1

Ⅰ．I267.1

中国国家版本馆CIP数据核字第2024FX4191号

出 版 人：张　懿
责任编辑：李　谓　曹玛丽
技术编辑：凌春梅
责任校对：梁秋华
封面设计：何　伟

书　　　名	跃跃纸上
	YUEYUE ZHISHANG
出版发行	花城出版社
	（广州市环市东路水荫路 11 号）
经　　销	全国新华书店
印　　刷	佛山市浩文彩色印刷有限公司
	（广东省佛山市南海区狮山科技工业园 A 区）
开　　本	880 毫米 ×1230 毫米　32 开
印　　张	8.5　1 插页
字　　数	155,000 字
版　　次	2024 年 10 月第 1 版　2024 年 10 月第 1 次印刷
定　　价	59.80 元

如发现印装质量问题，请直接与印刷厂联系调换。
购书热线：020-37604658　37602954
花城出版社网站：http://www.fcph.com.cn

静中静非真静，动处静得来，才是性天之真境。

——《菜根谭》

相见正好

多米

我认识厚圃有二十三年了，如果我愿意，还可以精确到分和秒。

虽然我睁开眼第一个看到的人不是他，但在往后的日子，他的身影渐渐充实进我的目光里，尤其是他伏在案前忙碌的时候。我一直很好奇他在干什么，偷偷跑过去踮起脚尖，还是看不到他的脸。桌上的书码得太高了，而我太矮了。直到有一天，我能够搬动小板凳，站上去才终于看清楚这个老是给我背影的神秘大人。我发现他眼里的光很亮，像他好久没见到我时那样。我努力地眨巴着小眼睛想要看得更清楚些，可我那会儿还是个"文盲"，除了见到像昆虫脚一般横竖撇捺的笔画，什么也没寻到。

待我到了会读书写字的年纪，才窥知了一点老厚与文字间的秘密。一眼望去，他的笔下尽是茶香、苦酒、烟火气、墨味、人声、诗趣、画韵……那是一片充斥着微物之鸣、浮光静影的文化旷野，辽阔而深邃，神奇而博大。老厚喜欢以普通平淡的人、事、物为媒介，如豆腐、花草，石头、小虫等，抽丝剥茧，娓娓道来。很多出色的艺术工匠都能临摹形貌，乍看灵动，实则缺乏意蕴，而唯有敏锐的画师才能洞悉自然表象之下的汩汩暗泉，那是生命的盎然和意趣。作为作家的老厚更像后者，他笔下描摹之种种兼具形神，好像随时能从文字中"走"出来，让读者可感可触。

老厚不但写文章，也画画。他的水墨画中西兼收，既融合了中国文人水墨画凝练的笔触和诗意的留白，也纳入西方油画中的透视体积感和色彩的碰撞。他曾教过我几笔国画，叮嘱我想好了再下笔，但也切勿畏首畏尾，利用墨色的苍润浓淡，注意运笔的轻重缓急，气注笔尖，顺势一气呵成。不同于西方古典油画讲求颜料的叠加和平滑的笔触的传统，老厚秉持文人画的理念，注重每一根线条的把握与内涵。他常说线条是一种绘画方式，笔触可以不多，但要传形和传情。

老厚的文字也善用笔触。他的长篇小说如挥毫泼洒，淋漓的水墨尽显恢宏之势，而他的随笔则用有韧劲的线条和鲜活的色彩勾画出尘世万象、生活百味。有的笔触是弓弩箭矢，有的则是烟云雨雾。

我出国留学后，老厚经常分享他写的散文随笔来缓解我的乡愁，还寄来了他的长篇小说《拖神》和随笔集《草木人心》。我最爱看他笔下的饮食文化，那些中式传统的佳肴点心在我念书的地方算是稀罕之物。细读他的文字，我仿佛又回到潮汕的热闹鱼市，在蒸腾着热气的粿条汤店里迈不开脚，又或是和亲朋好友一起叹早茶，一口香茗，一口鲜滑饱满的虾饺……

老厚的随笔颇具感染力，阅读的时候仿佛是在看一部部电影短片。他文字的动人之处不仅在于对所描绘事物声色形的细腻感知和传达，更在于他擅长蒙太奇的手法，无论是诗词典故还是人生体悟都随手拈来，在一片光影之中随性地交织融汇；文字围绕着具象的事物一一展开，却于不经意处充满着哲学思辨和文化符号，真正做到了"形散而神聚"。

20 世纪 60 年代，罗兰·巴特的后结构主义文学理论曾风靡一时，他主张切割作者与其文字的直接联系，强调作家文字的内涵不再是单纯地反映折射作者的生平过往，而是成为一个独立有机的生命体。虽然我觉得老厚与他的文章并不能完全割裂，但如果非要以巴特的视角来解读老厚，他的这些随笔如同早春播撒在四海之境的读者心里的种子，不知道哪天的一场春雨过后，就会在读者心中生根发芽，在今后的人生岁月里摇曳生姿。

我以前读书少，并没有完全明白文字的妙处。留学这几年，在欧洲艺术史的长路上跋涉，才发现除了绘画这些有形的艺术品，还有文字构筑出来的瑰丽殿堂，每一个字和绘画的每一个笔触，都是鲜活的生命符号。也难怪老厚能在文字和画象之间自由穿梭，因为表达的都是鲜亮的人生和世界。生命是有限的，而笔下的生机却是无限的，这些伴我成长的艺术和文化依然滋养着我的现在，而更幸运的是，我在青春的美好里真正地理解了老厚。

目 录

第一辑 尚识食

鱼饭

和　味

　　我的家乡樟林至今仍保留着这样的吃法，早餐拿豆腐来下粥。那些豆腐是小贩挑到街巷来叫卖的，同时还有油炸鬼和屐桃包。屐桃包的样子有点像从猪蹄上切下一截，所以也有人叫它猪脚圈，是用面皮包着芋头丁、地瓜丁、香料油炸的小吃。小贩只要听到招呼就会歇下担子，揭起一层湿湿的白纱布，露出仍保留着格子痕迹的白豆腐，询问要多少，拿一块薄薄的铁片沿着格子的纹路切下去再铲起来，排在我们的盘子里。我们拿它蘸酱油，与粥一凉一热地吃，有多美味当然谈不上。而真正受到孩子们欢迎的是豆腐脑，嫩嫩的、滑滑的，往上面撒些白糖，吃起来又清凉又解渴。尤其到最后，化了的糖水甜滋滋地涌向喉咙，真是美妙无比。

　　与豆腐脑一块卖的通常还有草粿，制作时需要将一种叫作草粿草的植物熬煮成汁，再加入薯粉冷却，直到二者融合凝结成乌黑透亮、近似于果冻的状态。草粿吃起来比豆腐脑更有弹性和韧性，又能起到清热解毒的功效，与龟苓膏可有一比。这一白一黑的两种小吃，几乎成了我们童年夏天的最爱。

　　知堂老人认为，咱们的豆腐可称得上天下第一，我是同意的。一个是中国发明得最早，另一个是食用十分广泛。日本人爱吃豆腐，据说他们做豆腐的方法是鉴真和尚东渡时传过去的，后来才又发明了日本豆腐。我在京都玩过好几天，京都的高野豆腐还有汤豆腐都是很有名的，可惜没有专门找来尝尝。我倒是在东京筑地市场边上看到别人在排队买"玉子烧"，光听名字就很美，看上去也是黄澄澄的十分好吃，买了一块把它当豆腐吃了。回国后一查，才知道它是由鸡蛋和牛奶做成的，里面并无豆子的成分。我的女儿在波士顿念书，听她说过学校食堂也有豆腐，是那种比较紧实的老豆腐，切成拇指大的一块，放在"现炒"窗口一侧，是拿来跟别的菜一起炒米饭用的，最后还要浇上甜味的酱油汁。

　　我的家乡有种豆腐比较出名，叫普宁豆腐，在潮菜、粤菜酒楼都能点到。其做法很简单，先拿油"浮"，潮汕人不说炸只说"浮"，其实是同一个意思。"浮"后的口感，外面酥香而内里嫩滑，只是稍显味淡，所以需要打个蘸水。蘸韭菜末盐水最为合味，又正好抵消了豆腐油炸后的热气。

　　豆腐的确味淡，用我家乡的话说要"借别人味"。厨师们为了增加豆腐的风味几乎费尽心思，就像川菜里的麻婆豆腐，要拿蒜苗、肉末，还有花生油、豆瓣酱、辣椒、花椒等使之味厚。客家的酿豆腐，干脆在豆腐块上掏个洞，填进香菇、肉末、葱蒜等作料，这样吃起来才会有"内容"。还有鱼头豆腐汤，油煎过的鱼头加上水，熬出乳白的汤，再放入嫩滑的豆腐，味道更显鲜美。说到这里，我想起了北方的咸豆腐脑，拿口蘑、肉碎、鸡蛋、酱油混合而成的咸卤子把豆腐脑浇得赤褐赤褐的，看上去挺招人的。我在北方待了四年，却始终没有爱上它。

不记得是哪一年春节，我随岳父岳母到四川崇州乡下去"走人户"，也就是寻亲访友。我岳母的妹妹还有她的丈夫，我们喊八孃和八姑爷，一大早就在家里忙活，给我们做最拿手的四川豆花。那豆花是拿簸箕端出来的，分进几个大瓷盆里，吃起来绵扎而不老、细嫩而不溏，拿筷子都能夹得起来。八孃做的蘸水也颇为讲究，里面的青椒是拿火烤过后再切细，花椒也是捣碎后滚过热油，所以吃起来满口清香，令人难忘。

此外我还爱吃臭豆腐。长沙和南京的臭豆腐名气都很大，十几年前我出差长沙，还专门到火宫殿去吃过。如今臭豆腐已经普及四方，可称得上"臭名远扬"。据说慈禧嗜吃臭豆腐，我很难想象她吃时那些太监宫女是如何躲着她的，反正我每次走向臭豆腐小摊时，我的家人都跑得尽可能远，好像我干了什么见不得人的事。臭豆腐闻起来臭，吃起来香，要是蘸点辣酱放在嘴里慢慢咀嚼，真有点舍不得咽下。

　　豆腐借别人的味，却成就了自己，确实值得我们琢磨一番。吃豆腐的好处甚多，美容便是其一，因此才有细皮嫩肉的"豆腐西施"之说。与豆腐相关的传说与俗语还有很多，我一直记着那句"刀子嘴豆腐心"，每逢别人对我说了什么过头话，就会想到它，于是莞尔一笑。

叹早茶

有人爱把每日三餐比作金银铜，以说明早餐的重要性。说到早餐，我自然会想起早茶。我已经记不起第一次吃早茶是在哪里了，可能在广州，也可能在深圳。我念大学时，每次先要坐一夜的长途巴士，由潮汕到广州，在东站买好票，再坐上两天两夜的火车才能抵达天津。在广州稍做停留的一两天，我常寄宿在父母的同学红姨家。她的儿子杠伟念小学时和我短暂地做过同学，她的先生是暨南大学的老师，懂《易经》会算卦，他算准我今后在艺术上会有所发展。我当时哪里肯信，现在回过头去看，倒觉得有些神奇。我应该是跟着杠伟一家子去喝过正宗的广式早茶的。后来我到深圳上班，单位的单身宿舍还在装修，便借住在表姐家，跟着他们一块生活了几个月，自然也随着他们去吃早茶。那时候罗湖是香港人的另一片活动天地，说是后花园也不为过。文锦渡有个联城酒店，大概是受了港客们的熏染，懂吃的都说有港式早茶的味道，我的单位就在近旁，所以免不了要跟同事去吃吃喝喝。

港式早茶和广式早茶的区别，我也不大能说清。可能一个是点心的味道稍有不同，另一个就是港式早茶除了有虎皮凤爪、韭菜猪红、肠粉、虾饺、烧卖等中式品种外，还多了些蛋挞、奶黄包、雪山包之类的西点。此外，茶楼还供应各种粥，其中的皮蛋瘦肉粥，我以为最能代表广式早茶的特色。据说它脱胎于昔日的艇仔粥，有"生滚"和"老火"两种不同的做法。"生滚"的能吃到口感滑嫩的猪肉片，而"老火"的，皮蛋、瘦肉和粥几乎融为一体，更加黏稠也更加香浓。我个人更爱后者，只是不喜加入"薄脆"。

早茶文化不独广东和香港有，几乎历史悠久的大城市都有，只是形式内容和名气不同而已。广式的早茶，早期设施简陋，摆几张木桌木凳供路人歇脚聊天，提供一点茶水食物以解渴充饥，后来才渐渐发展成较为正规的茶居茶

楼。随着粤人上茶楼之风渐盛，点心也变得精致多样，茶水彻底沦为配角。

我是不大喜欢吃早茶的，主要是嫌它油腻，也正因如此，酒楼才提供了大壶茶。早茶用的茶叶并不讲究，最常见的有铁观音、普洱、香片、菊花等，只为了给客人解腻解渴。如今有些茶楼，为了适应不同层次客人的需求，将大壶茶换成了工夫茶，比如上梅林的点都德便是一例。其店名也有趣，跟"啥都行"的粤语谐音。

我记得早些年深圳的茶楼还保留着一点旧时的流风余韵，有肩搭白毛巾的伙计推着堆叠着笼屉的点心车来到大厅，在桌位间转来转去，一揭开笼盖，烟气氤氲、香味扑鼻，立刻勾起客人的食欲。这样的方式现在已被新式的茶楼省略了。

要说吃早茶的好处，一个是式样丰富，早餐中餐还能一块吃；另一个是体体面面，价格也宜乎众，因而亲人团聚、旧雨重逢、休闲消遣，早茶便成了他们的首选。粤语把吃早茶叫作"叹早茶"，叹，有着享受的意思。我的老家潮汕管喝茶叫"哈茶"，也颇有一点休闲的意味，只不过是真真正正地喝茶。

早茶传到潮汕是近些年的事。究其原因，一个是潮汕文化与广府文化交会较少，更主要的是潮汕人对于先人流传下来的习俗文化敬重而执着。潮汕平原自古地少人稠、资源匮乏，所以才有那么多人离乡别井奔赴南洋。潮汕人管"买菜"叫"买咸",可见其对生活之将就、要求之低下。至于早餐拿来下粥的小菜,都叫"杂咸",它们大多是些腌过的萝卜、黄瓜、橄榄,就连小蟹、小虾、小贝壳也拿来盐渍,或者浸泡在放有葱姜蒜的酱油里,比如虾蛄,腌个半天便可食用,有点像四川的"洗澡泡菜"。

现在的日子好起来,潮汕城里的饭店也做起了早茶生意,但大多数当地人仍坚持着原来的生活习惯,宁愿待在家里泡工夫茶,也不愿将时间耗在茶楼里。我住在城里的小外甥吉儿和乐乐,每逢节假日,不是喊着要上茶楼,而是盼着到外婆家吃早餐。我也爱吃家乡的早餐,尤其是下粥的鱼饭和薄壳米(海瓜子),似乎就连白粥,也能吃出不同寻常的味道来。

其实,在广深港吃早茶也好,在潮汕食早餐也罢,都没有什么非说不可的大道理。吃点东西,何至于这么小题大做?假如你稀里糊涂地吃了也没人怪你,倘若你多留个心眼,顺便了解一下当地的食俗,跟当地的历史文化联系起来想一想,多少也能调和眼下日复一日、枯燥无味的生活。我始终觉得,生活就像一股流水,流到这儿又流到那儿,但终将要去它该去的地方,我们要是能在其中多做尝味,也许能过得更有意义些。

好安逸

上大学之前我很少吃到真正的辣。对于潮汕人来说，平日里蘸点沙茶酱，撒点胡椒粉，就是辣！肉里鱼里偶尔夹杂几丝红色灯笼椒，与其说是配味，倒不如说是为了装饰。潮汕人不爱吃辣，主要是怕"热气"，家里常循着节候的变化煲些"青草水"，也就是凉茶，比如春葱（指荸荠）、夏莲、秋芦（芦根）、冬葛（葛根）等。不过倘若有潮汕人说自己能吃点辣，那就好比女士说能喝几口酒，特别能"战斗"。

大学时我们班有十五人，六个男生全住在一间宿舍，其中老二是四川人，老三是湖南人，每次回校都会带来家里特制的大瓶辣酱，看他们吃得很香，我也学着掰开花卷馒头，将辣酱涂抹上去，果真胃口大开。我后来敢讨个川妹子当媳妇，应该和那时打下的基础不无关系。四川人管辣椒叫"海椒"，我岳父岳母帮我们带孩子，跟我们在深圳住了十多年，每次从蜀地回来，旅行包里总少不了干辣椒干花椒，他们嫌这里买的"不正宗"。他们把带来的干辣椒干花椒焙脆捣碎，滚了油做成了辣椒油花椒油，用起来更方便。那会儿我们还住在南山科技园，我家是一楼，有个大阳台，摆着一张石桌，夏天我们爱在阳台吃饭，同事、熟人路过就会靠过来闲聊几句，他们很惊讶我们为什么会吃那么多菜。我岳母总是念叨着某某邻居，买菜只买一点点，简直是喂鸟，她去买菜，别人总以为她是开餐馆的。有句话老挂在她的嘴边："把生活开好！"这大概也是他们大半辈子沉淀下来的生活哲学吧。我岳父岳母都十分好客，我们的朋友一来更是红彤彤地摆满一桌，蒸炒烧煎煮，外加凉拌，个个麻辣鲜香。

到了冬天，我们家阳台就会拉起好几根绳子，挂上岳父岳母自制的腊肠腊肉腌鱼，红的紫的褐的黄的白的，如一道彩帘隔在我们和行人中间，常引得他们观赏赞叹，仿佛年味也近了。我岳母有空就会走到阳台，像个将帅巡视军队那样视察她的"士兵"，然后带着点恨铁不成钢的意味摇头："深圳的天气是有些热。"

我记得我家附近有家很小的川菜馆叫"巴粮坊"，摆着四五张桌子，老板娘是个四川人，很热情。节假日我们为了让老人放松一下，就带他们到那里吃饭，吃完后我问岳父："菜做得咋样？"他点头说："还是可以。"只要我岳父说可以，那味道一定是错不了。不过他又补充道："在外面吃不卫生，自己买点菜在家做不巴适啊？"我知道他们一方面是想为我们省钱，另一方面是觉得这没啥大不了的，他们完全可以做得一样好甚至更好。那家川菜馆后来果真做大，到处开分店。

　　几乎每个四川人都是烹饪高手，男人比女人似乎更"得行"。我到岳父母家，通常是我大舅哥掌勺，女人们只负责娱乐：聊天，嗑瓜子，打麻将，看电视。要是有谁到厨房重地露脸，就会被他善意地"轰"出去。川菜中，口水鸡、酸菜鱼，还有腊肠腊肉都是我爱吃的，尤其是毛血旺，有用鸭血的，也有用猪血的，不仅入口嫩滑，还能找到入味的毛肚、黄喉、鳝段这样的"杂碎"。我太太的嫂子是凉拌鸡高手，每次都让她来做这道菜。口水鸡不仅要求煮鸡的火候要把握得恰好，对作料调制的要求也很高，要做到麻辣适中、鲜香嫩爽不说，还得弹牙不腻。川菜之中，我唯独不太喜欢甜烧白，就是将红豆沙夹着半透明的五花肉，下面堆着红糖糯米饭，蒸至松软香糯作为甜食上桌，老人们很爱吃。几乎每一席酒碗都少不了甜烧白，我想它跟潮州菜的白果芋泥或者糕烧番薯芋是一样的，以甜味寓意生活的美好。

　　我不擅饮酒，而四川人几乎个个都是"酒仙"。我第一次以女婿的身份来到四川露脸，几桌子的亲友都过来跟我干杯，多亏我岳父和大舅哥替我挡酒。我大舅哥面不改色地说："他们广东人不是这么喝酒的，要举着高脚杯小口小口地喝。"我老岳父也替我证实："他是个文化人，只会写文章画画，不会喝酒。"这些过分夸大的话竟也被他们宽容地接受了。

我到我太太的同学家去，她的老公已经失业一年，一家三口的生活用度全由她负担。听说我们来了，男主人跑到外面拎了只鸡回来，给我们做了满满一桌川菜。我本想安慰他们几句，没想到这两口子甚为乐观，男主人还说自己一点都不着急，正好在家做做饭，辅导孩子功课，享受一下没人管束的自由。我太太有个发小，有一年一个人跑到深圳来，给我带来十多个双流最有名的兔头，在我家边喝冰镇啤酒边用"川普"教我如何啃兔头，先把上下颚掰开，咬出兔舌再吃兔腮，然后啃兔脸，吃干净外部的肉最后吮脑花……我以为他是来旅游的，结果是最近发了笔小财，听说深圳的服装新潮，就飞过来买几件回去。第二天我太太陪他逛了华强北还有另外几个大商场，听说他一口气买了十几件，当晚就飞回成都了。

四川素有天府之国的美誉，因为物产丰富，加之少有兵荒马乱的时候，人们生活相对安定，日子自然过得逍遥些。四川人大都是乐天派，喜欢活在当下享受当下，既不焦虑也不匆忙，随处是打得噼里啪啦的麻将，熙攘红火的茶馆，热气腾腾的火锅，摆龙门阵的声浪……最是人间烟火气，丝丝缕缕暖人心。寻常而又有趣，这也许才是最好的活法，光想一想都觉得好安逸。

尚识食

俗话说，靠山吃山靠水吃水，潮汕靠海，吃得最多的自然是海货。在吃不饱的年代，渔民也能拿鱼充饥，这或许就是"鱼饭"（打冷中的一种）名字的由来。潮汕人吃鱼，通常以清蒸为主，尤其是新鲜的大鱼，肉厚刺少，吃的就是本味。那些小一点的鱼也可拿来红炆，这红炆类似于红烧，只是少放些油多加点水，味道清淡些许。至于那些多刺的小鱼，比如赤鼻一类，比较适合油炸，连着鱼骨鱼刺一块嚼，又香又脆。

外地人夸潮汕人"尚识食"，也就是很会吃，其实并无什么特别的烹饪秘诀，只不过紧紧抓住"一鲜二肥三当时"这样的诀窍罢了。鱼不鲜，不如不吃。长期与海鲜河鲜打交道，使潮汕人变得嘴刁鼻灵眼儿尖，舌尖一挑就能辨别出食物的新鲜度。单位食堂只要有油炸鱼，潮汕人的第一反应就是食材不新鲜。因为一条鲜活、大小妥帖的鱼，理所当然是拿来清蒸的，也只有清蒸，才是检验鲜鱼的唯一标准。我们常常在粤菜馆里看到那些养在玻璃池里的石斑，就是拿来清蒸的。石斑肉质洁白，鲜美如鸡，故又有"鸡鱼"之称，点鱼时最好不要太大，以一斤半左右为宜，否则肉太老。石斑的种类繁多，我总是分不清青斑、花斑、红斑、老虎斑、东星斑和芝麻斑，尤其是蒸好后更加难以辨认。有一次被朋友邀至酒楼，上来一条昂贵的老鼠斑，大家都说其肉质如何鲜美弹嫩，我却吃不出它与其同类有何不同。石斑有野生的，也有养殖的，店家为了索要高价，往往故意混淆是非。有行家教我，剖开鱼后细看，野生的肉白，养殖的肉乌；另外的办法就是吃，野生的鲜味更足，肉也紧实些。

除了石斑，我爱吃的几种鱼也都比较家常。比如扒皮鱼，最好是幼童巴掌大的那种，市面上有很大的，但肉太散太柴了。还有一种鱼，老家叫狗舌，其实就是龙利鱼，拿普宁豆酱蒸，肉质细嫩，味道不比左口、多宝差。还有就是桂鱼，也就是"桃花流水鳜鱼肥"的鳜鱼，苏帮菜中有一道松鼠桂鱼，外脆里嫩，酸甜可口，可算得上色香味俱全，我却不大喜欢，倒是安徽的臭桂鱼颇得我心。有一回在"皖厨"请我岳父吃臭桂鱼，他是四川人，吃一口就不再碰，还开玩笑说你们要是觉得这样好吃，我以后等鱼变质了再做给你们吃。鲈鱼也好吃，"春酒香熟鲈鱼美，谁同醉？缆却扁舟篷底睡"，要淡水的鲈鱼，不要冰鲜的海鲈。淡水鲈鱼肉味淡甜鲜香，肉质有弹性，远非腥气重、肉质柴的海鲈所能比。此外，豆腐鱼我也爱吃，老家常爱拿它跟酸菜煮汤，有时再搁上一把粉条，煮熟后撒上胡椒粉，用潮汕话讲，"这嘴汤水过甜（鲜美）"。

李渔在《闲情偶寄》中说："食鱼者首重在鲜，次则及肥，肥而且鲜，鱼之能事毕矣。"原来鱼也有肥瘦之分，有人会嫌某些鱼吃起来清淡枯槁。叶灵凤先生在一篇文章里推荐过鲳鱼，说它肉厚、少刺、有油，味道非常腴美。我是不喜吃金鲳的，多夹几口嘴里老觉像含着块肥肉。还有肉质细嫩绵软的黄花鱼，吃多了也容易发腻。我只喜欢吃银鲳，没有油水，入口清爽。银鲳肉嫩刺少营养好，很适合给小孩子吃。据说银鲳至今仍无法人工养殖，这也是它比金鲳贵得多的原因。

潮汕人被视为"尚识食"，还有一个原因，吃时鱼。先辈们早就在诸多民谚民谣中总结了经验，使它们成为人们应季吃鱼的行动指南。比如流传下来的《南澳鱼名歌》就讲得既生动又准确："正月带鱼来看灯，二月春只假金龙。三月黄只遍身肉，四月巴浪身无鳞。五月好鱼马鲛鲳，六月沙尖上战场。七月赤鬃穿红袄，八月红鱼做新娘。九月赤蟹一肚膏，十月冬蛴脚无毛。十一月墨斗收烟幕，十二月龙虾持战刀。"

潮汕人除了擅调和鼎鼐，吃鱼还吃出了许多讲究来。比如不能说"翻过来"，只能说"顺过来"，因为渔民忌讳翻船，同理，碗匙忌倒扣而必须正放。潮汕人管吃酒席喜宴叫"食桌"，桌上有鱼有肉，鱼头要朝向最尊贵的客人，他不举箸别人也不可动筷，更不可一筷子戳向鱼头。吃完饭，盘子里要保留着鱼头、鱼骨还有鱼尾，以寓意"有头有尾"，善始善终。在过去，一个人吃鱼，不仅能看出他的出身，还能看出他的修养。鱼最好吃的是"鱼拖沙"，也就是鱼的软腹部分，平时游动时得到了充分的锻炼，因而肉质柔嫩且富于弹性，又没有小刺，往往要让给老人或孩子吃。

在古代，哲学家、政治家喜欢将吃鱼跟治国之道联系起来，比如鱼和熊掌的典故，比如"食鱼无反，勿乘驽马"的故事，还有什么"治大国若烹小鲜"。我倒以为，吃鱼的时候就专心吃鱼，小心被鱼刺卡到。

爱吃肉

　　我属于"肉食动物"那一类，除了口腹之欲，更多的是出于一种补偿心理。小时候家里并不宽裕，而用钱的地方又多，肉自然不能天天有，可我们兄妹三个又都处于长身体的阶段，需要营养供给。父亲便想出一个办法，去买那些别人嫌弃、最便宜的猪头骨，炖上一大锅莲藕，又好吃又管饱。

　　刚开始我们看到汤里晃动着一排猪牙，心头发怵，可又受不了馋虫的搅扰，几次之后不但不怕，还抢着吃它那脆脆的牙龈肉。大人下班回家，偶尔也会割来一条土猪肉，五指厚的那种，肥多瘦少，一看就是拿来炼油的，吃饭时我们只能从青菜里翻拣出赤褐色的猪肉渣解馋。

　　我后来识得几个字，一看到书里对食物滋味的描写，哪怕是三言两语，也会像遇见漂亮姑娘那样眼热心跳。我想象着食物的模样，暗自揣摩着它的味道，比如说到红烧肉，脑子里便立即反射出一块红通通、油汪汪的大肉块，娇羞地颤动着，好像已经在反拨你的牙齿，逗弄你的舌尖，弹动你的神经，让你止不住地咽口水。与其成天空想，不如站在卤肉店的铺窗前，看看店家如何切肉卖肉。只见他拿五根指头往收了烟的卤肉上一搭，酒红透亮的肉皮立即浮起五个迷人的小酒窝，"横切牛羊竖切猪"，唰唰唰，薄薄的肉片不碎不烂地向着一边倾倒。我暗暗替买家操心，回去后一定要蘸蒜泥白醋，那才够味！我祖母相信熟肉里的一些养分，会随着味道的扩散或者袅袅的烟气白白浪费掉，所以我紧闭嘴巴张开鼻孔，用力吸气。

　　如今人到中年，本应多吃素，却很难做到，尤其是回到家乡。潮汕平原素有美食天堂之誉，美味令人目不暇接。比如澄海，最出名的是卤鹅，特别是苏南的"贡咕"鹅肉，已有上百年的历史，因卤水冒出的气泡发出"贡咕、贡咕"的声响而得名。此外还有由肉衍生的各种食品，肉丸、鱼饺、肉松、猪头粽，等等，各有特色，各领风骚，简直让人无法抗拒。

　　我通常是走到哪儿就吃到哪儿。2006年我和朋友游新疆，车后备厢就保鲜着一只宰好的羊，带到魔鬼城烤着吃。七八年前，我们一家子到欧洲旅行，在离开巴黎前的最后一天，决定好好享受一下法式大餐。别的菜我早就忘了，只记得小女最最期待的鞑靼牛肉一上来，血红血红的，简直就是生肉，中间还卧着一只生鸡蛋，吓得她皱起了鼻子。我到日本也是特意去吃当地餐馆里的神户牛肉，又到超市买些雪花牛扒，拿回民宿自己烹饪。神户牛肉那种细腻柔滑的口感、鲜嫩多汁的饱满，让我不得不反观咱们国内的牛肉。在深圳，我家附近有一家比较正宗的韩国烤肉，雪花牛肉拿来跟在日本吃的比，差一大截。倒是那些五花肉，只要烤得不太干，团上拉出长丝的马苏里拉芝士，再拿生菜裹着吃，还能过把瘾。也正因如此，我更折服于潮汕先人的智慧，将那些粗糙的水牛肉，"打造"成弹牙爽口的牛肉丸，简直是化腐朽为神奇。

汪曾祺先生说"肉食者不鄙"，想吃肉，其实找两三个同好即可，人一多，喝酒说话，闹闹哄哄，反而忘了肉的味道，甚为可惜。我爱吃肉，但反对浪费。都说潮汕人啥都敢吃，也喜欢搜珍猎奇，但我没有这个嗜好，遇到什么吃什么。自从家里养了宠物，我就再也不吃老家的那些猫肉狗肉了。我虽馋肉，可是心肠软，听不得杀猪宰羊的惨叫声，更见不得白刀子进去红刀子出的惨状。念初中时，有一次我父亲不在家，我母亲让我杀只鸡，杀了三次都没把它杀死，刚一转身我妹就叫起来："哥，它又站起来喽——"

中国人喜欢说吃什么补什么，你可别对爱吃肉的人说吃肉补肉，他会不开心的。与其让他不开心地吃肉，还不如让他开心地吃肉。我小时候专爱挑瘦肉吃，年纪大了却只喜欢大块大块的肥肉。近两年，我母亲在限制我父亲吃肉，他像我一样无肉不欢，我想我也该慢慢学会节制了。都说岁月温柔静好，可它又曾饶过谁？

喝啤酒

20世纪90年代，金威啤酒是深圳毋庸置疑的标志，如果没喝过金威啤酒，都不算来过深圳。我们曾一次次地拥向体育场，为深圳足球队的主场拼杀加油助威，结束后不管胜负，照例要到八卦岭的大排档拿金威润喉解乏，吸着田螺眉飞色舞地谈球。我们也曾一次次地啸聚在香蜜湖美食街，吃蚝撸串痛饮金威，唾沫横飞地争论着深圳文学的未来，为此还创办了华文网和华文杂志。有亲朋来深，必得请他们喝喝金威这个"土特产"，就像到了农家乐，不宰只走地鸡岂能善罢甘休。我父亲第一次喝金威，小小地抿了一口，叹息般地啊了一声，拿舌尖舔了下唇边的沫子，以一个资深酒友的郑重口气说："味道不错！"谁会想到，若干年后，金威会卖给了雪花啤酒。如今香蜜湖美食街也拆迁了，和金威一块带走了我们这些"老深圳"的情怀和记忆。

与老金威相比，雪花啤酒更加清淡，倒是合乎我的口味。而更合乎年轻人口味的是它的广告语，一想到"勇闯天涯"，胆气横生，多喝几杯不在话下。我念大学时，记得电视里老重复播放着一则啤酒广告，以至于每次喝酒我们都会模仿着那个傲娇的声音："为什么不给我力波啤酒？"好像是在大一的春假，我到青岛去找在海洋大学念书的同学，第一次发现原来啤酒可以装在薄膜袋里且配着吸管，也第一次尝试了黑啤，印象中麦芽味很香，酒很苦。每次喝啤酒，我同学总会点一盘香辣"噶拉"，其实就是我们在老家常吃的"花蚶"，深圳叫"花甲"。

我的家乡靠海，人们很会炒花甲，由于铁锅受热不均，

所以看到哪只花甲"开嘴"就要立刻夹出来，以确保每一只肉质鲜嫩爽脆。参加工作后没两年，我又被单位派到青岛学习一个月，住在离栈桥不远的地方，晚上无聊就会出来转转。这种体验后来被我写进了小说《契阔》里："时值八月，青岛的阳光分外明亮，许小雷把我安排在海边的一个宾馆。日落时分，我穿着短

裤、手拿啤酒罐沿着海边散步，红彤彤的光线照着每个游人的脸，天空是多么开阔高远。许多练摊子的把东西摆在了沙滩周围，卖烧烤、服装鞋帽、用贝壳做成的各种式样的工艺品，还有女人们喜欢的珍珠项链、小饰品……"读过梁实秋先生那篇《饮酒》的人都知道，他也在青岛居住过，还"呼朋聚饮，三日一小饮，五日一大宴，豁拳行令，三十斤花雕一坛，一夕而罄"，奇怪的是，他竟然对青岛啤酒不着一字。

因为喜欢青岛，我们在那里买了个房子，好多年了，一直没去住。有一次我父母跟着一帮老朋友旅行至青岛，大伙都在开玩笑，说应该在这里买个房子住下来，我父亲颇为得意地说："我家在这儿有房呀。"别人都以为他在开玩笑。

一般说来，喝什么酒配什么杯，比如拿白酒盅喝红酒，那就完全不搭。我觉得喝啤酒就要用又大又沉的玻璃杯，最好上面有些凹凹凸凸的花纹，仰起脖子灌一大口，再往类似于老船木做成的桌面咣地一蹾，多豪横啊！哈尔滨人说喝啤酒像"灌溉"，就是这个意思。当然，也不是所有的啤酒都适合牛饮，就像精酿啤酒，也可以像喝葡萄酒那样慢慢啜饮，以细品其中的风味和香气。有数据显示，哈尔滨的啤酒年销量一直雄踞全国前列。记得大三寒假，我和同学林松涛跑到牡丹江玩，正月初一，又坐着火车来到哈尔滨，先找了个便宜的旅馆落脚，然后吃起了饺子，喝起了著名的哈尔滨啤酒，晚上又跑到兆麟公园看冰灯，还互相拍了些照片留念。

说起啤酒，我还会想起一些爱喝酒的作家，比如雷蒙德·卡佛，啤酒就多次出现在他的诗歌里，而实际上他更中意烈酒，这也许就是他英年早逝的原因。大作家赫拉巴尔倒是真心喜欢啤酒，他生前最爱去的那个金虎餐厅，现在挂满了他的照片，成为游客参观的地方。我想哪天若是到了布拉格，一定去看看。

啤酒是舶来品，在国内广受欢迎，在国外也一样。咖啡刚刚传到欧洲时，遭遇的最大劲敌就是啤酒，尤其是在德国，因为"啤酒国"的人们一天在啤酒中开始，又在啤酒中结束。咖啡后来是在不能出去抛头露脸的主妇们中间悄悄传开，然后才渐渐打出一片天地，成为德国人最爱喝的饮料之一。

2015 年，我们一家到欧洲旅行，第一站先到罗马，在位于科隆的的一个休闲广场附近吃饭，我特意点了两大杯当地啤酒，为自己接风洗尘。听说罗马每年都会举行罗马啤酒节，这也是意大利规模最大的啤酒节。深圳的世界之窗也经常举办类似的节目，为来自不同地域的观光者提供尽情喝酒和狂欢的机会，我却一直提不起兴趣。

三年前，我带父母到美国旅行，我父亲晚餐通常要来点啤酒，我们就专门去找有卖酒牌照的餐厅吃饭。回国时，我还从美国空军博物馆带回两个嵌着铜制标志、沉甸甸的啤酒杯。我一直拿它喝啤酒，直到痛风发作，只好将它们改作"茶缸"。

炒粿条

　　就像北方人爱吃面条一样，潮汕人喜欢食粿条。关于粿条的起源，据说可以追溯到元末。几乎所有的美食都有传说，传说又何其相似，不外乎祖先们于无意间误操作，便为人间留下了经久不朽的风味。

　　粿条通常以米粉为主料，待米浆薄层蒸熟晾凉后，拿刀切成一指宽的条状，洁白、细滑、柔韧。在我看来，潮汕粿条和广东河粉性质大略相近，应该是一类的东西。

　　粿条的食法大致有两种，一种是煮"粿条汤"，就是将粿条丢进沸水中焯熟，拿笊篱捞起扣进碗里，佐以牛肉、猪杂、肉丸、肉卷、青菜等，再舀入由大骨和鸡架熬制的高汤，正所谓"无味者使之入"。潮汕的牛肉丸，大的若乒乓球，掷地反弹，高可数尺，入口爽脆弹牙。近年来市面出现一种濑尿肉丸，轻轻一咬，包在肉里的香油就会喷溅而出，有些闷人，我不大喜欢。另外还有鱼肉丸，多用那哥鱼做原料，以达濠所产最为闻名，常搁于粿条汤里。

　　吃粿条汤，汤要清，最好见不到油花，但又不寡淡，潮汕人说汤水要"甜",就是要鲜美可口,这就对食材提出较高的要求。而粿条质量的好坏,很大程度取决于粳米和水质。潮汕有个地方叫登塘,具备了这两种条件,粿条自然受到欢迎。煮粿条时,不能煮烂,筷子要夹得起来。另外,碗要大而深,这样汤水的味道才能浸透粿条。

另一种食法是炒粿条,与肉片、蔬菜等搁一块炒,这又可细分为干炒和湿炒。湿炒的口感滋润嫩滑,而干炒的则浓香,有嚼头。无论粿条是煮是炒,蘸料都以沙茶酱最为合味。

粿条是民间的常食,质朴、淡白,没有一丝富贵气,做法也简单,所以无论有钱的没钱的,只要口味同嗜,都吃得着。

潮汕人卖粿条,大多是路边摊,即使是店铺,门面也很小,设备简陋,多几个人就得坐到外边去。店家不用热情招徕,客人也不觉得丢份,只顾埋头苦干。

汕头市区有家老二牛手槌牛肉丸店,店不大,炒粿条味道不错。还有家福合埕牛肉店,是连锁店,也给我留下较好的印象。我的家乡樟林,吃粿条的摊点随处可见,一年四季,早中晚餐,只要走出家门几步就能吃到粿条。就算人在外地,也能找到粿条吃,比如台湾,当地人管粿条叫粄条,是习见的一道小吃。在香港的茶餐厅,应该也能吃到。在别的大城市,北京或者上海,哪怕到了国外,只要有潮汕菜馆,就少不了粿条。潮汕人过去移民到东南亚的甚多，也带去了家乡的风味。据说从二战时期就风靡泰国的泰式炒面，还是由潮汕炒粿条演变而来的，此风至今未泯。

再说粿条，既可做点心，吃个半饱，也可当饭吃，就是拿来待客也未尝不可。有的人吃它，是懒得做饭，有的人吃它，是厌烦了一日三餐，想改变一下口味。也有旅行者，把它当成打卡的闲食小吃。

要说粿条的缺点，就是不经饿，其实也是优点，容易消化。也有外地人嫌粿条缺乏嚼劲，味道逊于面条，这倒是事实。可它也大有可取之处，其风味清淡、口感鲜嫩，既可解馋，又能饱肚。尤其是粿条汤，夏天能解渴，冬日可暖身，真叫人百吃不厌。也许这就是所谓的家乡口味。一个人的口味，打小就已形成，轻易不会变，要变，也只会变得更宽、更杂。记得小时候，为了吃到烫热的粿条汤，我不惜装病，说吃不下饭了，母亲就会说，那就来碗粿条汤开开胃吧，叫我妹妹拎着提锅去买。

成家之后，我曾买粿条回来试炒，虽然也明白"热火厚膀香鱼露"的道理，但总是不得要领，不是粘锅，便是烱成一团。倒是我太太，一个四川人，反而能够把握炒粿条的火候，且还能创造性地发挥川菜的优长，加入辣酱豆瓣酱，有时还拿野生菌丝提鲜，吃起来果真香浓可口，别有风味。而对于老潮汕人来说，粿条最理想的吃法还是炒芥蓝或者绿豆芽，再考究一点，搁点菜脯末，吃起来不腻。

此外，粿条还有一种吃法：待火锅吃得差不多了，丢点进去，集百味于一身，入味，好吃，又能填实肚子。

　　粿条本无味，全凭厨师调配得当。虽说是简简单单的煮与炒，各地的做法却有异。即便是相同的做法，因为每个人的"手势"不同，味道也大不一样。小时候，我们总认为父母做出来的食物是最地道的。长大后离开家乡，吃了外地的粿条，更觉得远远不及家乡的风味。

吃面猴

　　南方人到北方，北方人总爱问，吃不吃得惯面食？其实南方也吃面，且花样还不老少呢。

　　我初到天津念书，最直接的感受是北方的面粉好，馒头大，有嚼劲，不放糖也不放盐，只需慢慢咀嚼，也能咂摸到一点咸香的味道。记得学校门口斜对面，隔着马路开了家兰州拉面馆，大锅里成天炖着牛骨汤。有个壮硕的小伙子常当着客人的面表演拉面，那真是个体力活：先将揉好的面团拉成粗条，砰砰地掼在案板上，再拎起两端上下抖动，对折起来，借助于旋力拧成麻花状，抻至尽可能长，如此反复，直至细细的面条像从两手之间"生长"出来。吃厌了食堂，我们就溜到拉面馆换换口味。一回生两回熟，有位同学就跟老板攀谈起来，想买他炖完汤后的大牛头。同学想当然了，以为牛头炖烂就会皮肉尽脱，显露出光洁细润的白骨，像平时所见的工艺品那样可挂于墙上。后来老板如约将牛头搁在门口，有些筋肉无法剔尽，腐烂了又沾了灰，黑乎乎的，散发出一股难闻的气味，吓得我那同学好长一段时间不敢光顾。

既然说到兰州拉面，就要说说马子禄牛肉面。有一年，我在兰州转火车去拉萨，专门去吃了一碗。虽然外地也有加盟店，加盟店也讲究"一清二白三红"的汤水，但毕竟跟兰州的高原水质不一样，水开的温度也不一样，那锅牛肉大骨汤的味道自然大不相同。这就好比茶叶和酒，好比鸭屎香和茅台，只有那方水土出来的才是那个味道。马子禄牛肉面分宽面、细面，我喜欢吃细面里的毛细，柔滑入味，而宽面则更有韧劲，嚼起来过瘾。

作为南方人，我以为最好吃的面食应该在山西。且不说山西人能用面做出一百多种美食，也不去说他们把面做成菜、把菜做成面的本事，只说我第一次到山西去，见到菜谱上有道菜叫"土豆片栲栳栳"，十分好奇，点来一吃，才知道是拿莜面制成的一种面食，因样子像民间的"笆斗"而得名，再配上炸得酥脆的土豆片，爽口而筋道，咸鲜且味美。我的朋友郝小平和晋东南都是晋人，几天不吃面食嘴就馋。晋东南常在文章里大谈吃面心得，似乎已经吃出了文化吃出了情怀。记得一两个月前，我和郝小平、老范在山西饭馆杏花堂小聚，点了个套面五小碗，听到郝小平大呼好面，鄙人登时胃口大开。

我的家乡潮汕也爱吃面，那里有种特产，是拿面粉配以盐水加工出来的面条，细如丝，韧如绢，所以当地人不叫它面条，叫它咸面线。我小时候常到外婆家玩，她的屋后有家米制厂，兼做面制品，比如面条、面饼等。那些咸面线就像纱线那样一挂一挂地晾晒在竹竿上，我和小伙伴们偷偷凑近，扯一点塞进嘴里解馋，当然并不好吃。

那个年代，我们买米须用粮簿，每次还会配一定比例的面粉。我父亲有时拿着面粉去请人加工成面条，有时则自己动手，将它擀成饺皮，包上长豆角馅或花菜馅，一只只饺子，肥大得像荷包，美其名曰"北方饺"。有时为了图省事，父亲在揉完面后就将它揪成一小块一小块的面疙瘩，直接丢进滚沸的汤水里。我老大不高兴地问："这叫什么呀？"他笑嘻嘻地答："面猴。"那些面疙瘩，经他这么一说，似乎变得可爱起来，也可口起来。

在过去，面条在潮汕人的生活里扮演着重要的角色，比如"番客"（华侨）回乡，亲人们要奉上一碗甜面，情真意切地说一声"请食甜"。产妇产后"开荤"、娶亲前的送聘，甚至长辈寿宴上那碗红糖煮的长寿面，也都离不开面条。

说到吃面，我有时会想到汪曾祺先生，据他的儿女回忆，每天早上他都会给自己煮一碗挂面，没几根面条却照样要精工细作，把味道调得恰到好处。汪先生曾画过一张国画，几笔便勾画出一个荷花的花蕾和一只飞走的蜻蜓，上面题着"煮面条等水开作此"。这话除了带点童趣，也恰恰证明了他爱吃面的说法。

到北方念书，听当地人管汤圆叫元宵，觉得有点可笑，

毕竟汤圆不仅仅在正月十五才能吃得。按照我家乡潮汕的风俗，冬至也要吃汤圆，因此我们又叫它"冬节圆"。

别看元宵和汤圆的外形近似，又都有着甜美圆满的寓意，其做法却不大一样。元宵是用结实的小馅，蘸上水在糯米粉里滚制而成。汤圆则类似于包饺子，先揉好糯米粉皮，再把馅料包进去。

潮汕的汤圆跟普通的元宵和汤圆不同，无馅，实心。是不是因为平原地处省尾国角，人活得粗糙而又简单，对吃东西不大讲究？实际上并非如此，否则哪有食不厌精、脍不厌细的潮州菜，哪有每一细节皆充满仪式感的工夫茶。我宁愿相信这是一种流传下来的食俗喜好。

现在，想吃汤圆当然容易，自己不用动手，到超市买一袋速冻的，打开一煮便成。可要是搁在当年，就没有那么轻松了，够一家人张罗个好几天，先将糯米舂成米粉末儿，放在大太阳底下晒个干爽。到了冬至前夜，祖母就会将餐桌收拾干净，用凉开水把糯米粉末和好并用力揉压成团，其效果如何？有经验的只需抓一把再让它慢慢滑落，以粘连不断为佳。搓冬节圆了，全家老少齐上阵，捏一点放入手心，用两手将它搓成弹珠样，放进一个撒上细粉的竹匾里晾着。我们兄妹三个搓出来的丸子大小不一，祖母也不责怪，还笑着说有大有小，这才是真正的"父子公孙圆"，吃了老少都会平安。搓完冬节圆，祖母拿一层湿湿的白纱布将其遮住，既防蚊虫又防干裂，待明早再煮。

当天晚上，不只我们，几乎所有的孩子都觉得长夜难熬，盼着天快点亮起来，好把这黏黏糊糊、甜得窜喉的冬节圆变成肚中之物。所以也难怪有童谣这么唱："冬节夜，啰啰长，甜圆未煮天唔光。"而事实上也并不完全是心理作用，一年之中，冬至夜的确最长。

冬至一大早，祖母煮好红糖汤，将冬节圆下锅，雪白的丸子一下就被酱成棕黄色。再放点陈皮进去，既可解腻，又别有风味。

冬节圆煮好了，先盛一大碗祭祖，再拜家里的地主爷、公婆母、司命君、井神、碓神，最后才轮到我们自己。天冷，吃上一碗热气腾腾的冬节圆，好吃又暖身，十分惬意。吃剩的冬节圆，让它自然冷却，表面凝着一层红糖浆，丸芯也变得有点硬硬的，第二天不用再热，吃起来更有嚼头。

每次吃完冬节圆，我们就会急吼吼地往学校跑。那天若是谁迟到了，同学们准会大声起哄，说某某同学被冬节圆粘住了，十分羞人。

此外，潮汕还有一种类似于汤圆的食物，带馅，当地人叫"鸭母捻"，大概是觉得它浮在清汤里，好似凫水的白鸭子。过去卖鸭母捻，每碗三粒，每粒的馅都不一样，形状也因此略有分别。其实对于煮熟的鸭母捻，透过半透明的皮子就能猜到，它包的是芋泥馅、豆沙馅、芝麻馅，还是瓜册馅。瓜册是以冬瓜肉为原料，切成薄片蜜饯制作而成。鸭母捻很甜，很软和，老人小孩都爱吃。听说潮州市有家叫"胡荣泉"的老字号，鸭母捻做得不错，可惜一直没机会尝试。

家乡还有一种糯米糍粑叫"落汤钱"，传说是人们为了粘住"五谷母"的快嘴而发明的，省得这位主管五谷的神仙向天庭泄露人间太多秘密。过去，落汤钱的做法是将糯米粉团煮熟后置于陶盆里，用木棒反复擂搅，使它变得更加柔滑更具韧性，然后将它捏成舌头大小的块状，滚上花生碎末、芝麻与白糖粉混合的蘸料。现在的人喜欢将熟糯米团油煎至两面微脆，再切块装盘，这样吃起来既不绵软，又带着火气，我个人并不推崇。

冬至，潮汕人除了吃冬节圆，还有祭祖、谢神、扫墓等各类活动。冬至扫墓，也就是"挂冬纸"。还没听说有人拿冬节圆去当祭品的，倒是有的人会带上一盘拿开水烫熟的鲜蚶，吃完后将蚶壳撒在墓堆上给祖先当冥钱，因为潮汕人爱管蚶壳叫"蚶壳钱"。

切西瓜

夏季多水果，缺了哪样都行，唯独不能没有西瓜，否则整个夏天就会变得更酷热、更焦渴、更漫长。金圣叹先生曾说："夏日于朱红盘中，自拔快刀，切绿沉西瓜，不亦快哉！"汪曾祺先生谈到吃西瓜，更是生动传神："西瓜以绳络悬于井中，下午剖食，一刀下去，喀嚓有声，凉气四溢，连眼睛都是凉的。"有个谜语，我已记不得是从哪儿听来的了："身穿绿衣裳，肚里水汪汪，生的儿子多，个个黑脸膛。"智慧在民间哪！

我儿时有一玩伴，因门牙大且凸出遭到他人嗤笑，躲在家里生闷气。大人就开解他，下次别人再戏弄他，他就说："龅牙好呀。"别人问好什么，他很认真地答："好吃西瓜，不会弄得满脸都是汁。"没有哪个孩子不爱吃西瓜的。

西瓜有沙瓤和脆瓤之说，会选瓜的只要将它托在手里转一转，再放到耳边拍一拍，就知道个八九不离十。脆瓤的瓜肉厚汁多，口干舌燥之际大啖一番，十分过瘾。清代画家金冬心曾在册页上画了一片红瓤黑籽的西瓜，上边还题着"行人午热，得此能消渴。想着青门门外路，凉亭侧，瓜新切，一钱便买得"，我想他画的该是那种脆瓤西瓜。相比之下，我更喜欢沙瓤西瓜，家乡话叫作"吊瓤"，瓜瓤呈沙粒状，入口绵软欲化，又由于水分少，更甜。

说起来也许你不信，潮汕人吃水果爱蘸酱油，比如拿一颗荔枝或者杨梅，蘸一下咬一口，拿削了皮的菠萝片也一样，只有西瓜是抹上一点盐，或浇了点淡盐水。有人说酱油可以中和水果里的毒素，我是不信的，倒是往瓜瓤上抹点盐，确实能够增加一丝甜味。

在农历六月初六那天，潮汕人通常不买西瓜回家。传说那一天，冥府的鬼魂会跑到阳间挑西瓜回去消暑，小鬼因为太懒了，就到处抓人代劳。所以是日向晚，家家关门闭户，生怕被小鬼抓去挑西瓜。据说有个胆大的后生偏不信邪，跟别人打赌敢在晒谷场过夜，结果第二天真的醒不过来，伙伴们从他的裤兜里掏出一把纸灰，那是小鬼给他的报酬。

大概是物以稀为贵吧，出于对西瓜的珍爱，古人写过不少关于西瓜的诗，也画过不少西瓜的画。《燕京岁时记》中有言："西瓜必参差切之，如莲花瓣形。"可见连切西瓜也有一番讲究。文学名著《红楼梦》里曾多次提到了西瓜，不只是夏天吃，在贾府的中秋夜宴，贾珍还特意给贾母献上西瓜和月饼。在北方，立秋当天有吃西瓜的习俗，俗称"咬瓜"，提醒人们天气转凉，西瓜少了。

我在北方念过几年书，印象中天津人很爱吃西瓜。每年初夏，市场的角落，马路的两边，甚至停在一旁的货车上，都堆放着又大又圆的西瓜。我们同学几个，手里拿着一把勺子走出校门，买一个坐在阴凉处挖着吃，七八斤重，没一阵子就挖空了，再托起瓜皮往嘴里一倾，聚积在底部的汁液，带着瓜果的甜腥气，也带着瓜果的清凉，直抵心肺。

西瓜可入馔，清宫御膳中有西瓜盅，烹饪的方法是将西瓜的瓤控净，放入鸡丁、胡桃、火腿丁、松子等食料，用文火细炖。此外还有广东的"时果西瓜盅"、云南的"什锦西瓜盅"等。西瓜的瓜汁、瓜瓤、瓜皮、瓜仁等也可入药，尤其西瓜皮（西瓜翠衣），是一味清解暑热的良药。西瓜多籽，《清异录》里有载，五代时期，吴越湖州一带的人吃西瓜时爱聚堆，猜瓜子的数量，错了得请酒。《金瓶梅》《红楼梦》行文中也多次提到了瓜子。有人专门研究过，林黛玉、潘金莲嗑的瓜子就是西瓜子。西瓜子曝晒之后可细剥消闲，故丰子恺先生称发明吃瓜子的人，是了不起的天才。

西瓜便宜，块头又大，送人很体面。好多年前，有个浙江朋友来访，我跑出家门去接他，远远地看到他边走边弯腰，推滚着一个极大的西瓜。他后来不好意思地解释，抱了一段路，实在抱不动了。我开玩笑说："这叫千里送西瓜，物重意也重。"

　　说到这里，我忽然想起家乡的那句俗语，"西瓜未切，不知红白"，那已经跟西瓜无关了。它旨在告诉别人，在了解事实真相之前，别急着下结论。

萝卜灯

　　萝卜，潮汕人叫"菜头"，是不是连接茎叶的那部分根块露出地面的缘故？不大清楚。以前，潮汕平原几乎见不到胡萝卜，清一色的白萝卜，别看它长得白白胖胖的，一副福相，却跟穷苦人结下不解之缘。

　　清代嘉庆版本《澄海县志》中记载："菜头，即郭璞（晋朝人）所谓'芦菔'，音萝卜，能治解面毒，可以盐渍（腌制）。"因而，腌制出来的萝卜干也就叫"菜脯"。"食糜（粥）配菜脯"，菜脯成了艰苦年代生活的标配，它与咸菜、鱼露并称潮汕三宝。其中最好的陈年老菜脯，要在瓮中封存十年以上，用手就能撕开，看上去又油又黑，吃起来略带酸味，据说可以开胃降火、健脾化滞。眼下的菜脯，尤其是老菜脯，价格并不便宜。当然，我们也无须像过去那样每顿饭都需要它，只是有时想起来，总有些怀念。

　　我到天津念书的那一年，在菜市上看到一种圆圆的萝卜，青皮红肉，纸牌上写着"心里美"，大为讶异。此外还有一种长条状的青萝卜，皮色上青下白，肉也是紫红色的，当地人叫"赛鸭梨"。北方人喜欢将心里美切丝，撒上糖浇上醋，吃的时候才拌匀，可开胃解腻。至于它的皮，还可以拿来炝拌，大概做法是先拿盐水腌渍，再将锅中爆香、滚沸的花椒辣椒油浇入搅拌。相比之下，我更喜欢吃四川的胭脂萝卜，拿清水洗过，半透明的嫣红，生吃不辣嘴，还带着点甜味，水分又多，可当水果。四川人爱拿胭脂萝卜做洗澡泡菜，去皮切条，放入小米辣、花椒、糖、醋、盐腌渍。如果按照我岳母的做法，萝卜不去皮，泡菜水里也省去糖和醋，只需放到冰箱里冰一冰，吃起来更加脆生，清清爽爽。

四川的胭脂萝卜，总能让人一下想到白石老人画作里的红萝卜，三笔两笔，用弧形的色块和笔触高度概括出它滚圆的结构，就连上面细细的根须也是立体的。那些色彩浓艳的红萝卜，常与水墨白菜搭配，旁边还有工写兼备的草虫，仿佛在向我们证明这些蔬菜有多新鲜多环保。

张大千先生也爱画萝卜，他笔下的杨花萝卜（也叫樱桃萝卜），叶子疏密有致，根块小巧水灵，让人想要抓起一个，扭掉萝卜缨子咔嚓一口。也难怪张大千先生在某幅萝卜画上如此题写："甘脆不减哀家梨。"

萝卜除了生吃凉拌，潮汕人还爱拿它做各种小吃，比如萝卜糕，也就是菜头粿，还有菜头丝烙，糊了面油炸的菜头丸，等等。白萝卜性清淡，可"借别人味"，我父亲喜欢将它切成一大块一大块，拿来炖猪骨头，炖牛腩，一炖就是一大锅。煮熟后，夹起萝卜块拿牙齿一挤，汤汁便滋地流出来，入味，好吃。

萝卜不仅好吃，有时还好玩。记得小时候在乡下过元宵节，大人就会挑出一个滚圆的白萝卜，拿刀在侧面开个洞，再用汤勺将里边的大部分肉掏出来，插上一根小蜡烛，一个萝卜灯便诞生了。萝卜灯老叫我想起西方庆祝万圣节的标志物南瓜灯，于是查了下资料，南瓜灯起源于爱尔兰民间传说，有个男人因生前有恶习，死后进不了天堂又进不了地狱，魔鬼可怜他，便送给他一点煤炭好点燃他的萝卜灯。没错，是萝卜灯而不是南瓜灯，多么巧合啊！只是后来，萝卜灯才在人们的风俗里逐渐演变成南瓜灯。

我至今仍然忘不了童年时的元宵夜：当夜色层层铺开，孩子们提着散发出橘色光亮的萝卜灯，成群结队穿行于弯街曲巷，穿行于空旷的晒谷场和寒冷的田野，远远望去，宛若一串时疏时密、闪闪发亮的明珠。

那一个个萝卜灯，不知温暖了多少孩子的心。

腊　味

　　昔时腊月，也就是农历十二月，岁终大祭，先民们宰杀牲畜，肉吃不完怕腐坏，就将其腌渍，熏制，风干，成为腊味，留待日后慢慢享用。而更深层次的原因，很可能是我们这个民族，一直灾难不断，所以具有较强的忧患意识，为了活下去，只能变着法子储存食物，我老家的话叫"天晴要积落雨米"。

　　关于腊味的记载，早在周朝就已经有了。到了孔子生活的年代，师生之间存在着束脩之礼。脩，即腊肉，一束十条。

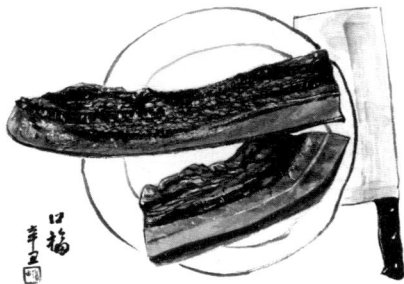

　　中国幅员辽阔，各地气候、物产、风俗习惯都各不相同，饮食的口味自然有异，非一句"南甜北咸东辣西

酸"所能概括的，但也不是完全没有道理，比如腊肉和香肠，广东的味清、微甜，川湘的味重、辣香。在广东的腊味里，又分不同区域呈现出不同的风味。我有个好友，老家在清远连州，曾送给我那儿的东陂腊味。拜连州天时地利之所赐，东陂腊味完全由着来自峡谷的自然风风干，吃起来香嫩爽口，余味悠长，比其他粤地腊味似乎更胜一筹。

我有两个伯父，很年轻就到外地工作，一个在花都（以前叫花县），一个在韶关。也不知道是其中的哪一个，过节时总会给我祖父祖母寄点广味腊肉腊肠，我也就跟着沾光。

我的初中是在本地的学校念的，虽不能寄宿，却可以寄膳。每天清早一到学校，我就取出个陶钵，丢进一把米，过两三道清水，再往里边埋个鸡蛋或小红薯，偶尔也有一截弥足珍贵的香肠，然后在蒸笼里找个位置放好。上完第三节课，已经能够闻到从厨房飘来的饭菜香味。待第四节课下课的钟声敲响，我们犹如饥肠辘辘的野牛，奔跑着拥向烟雾缭绕的食堂，寻找各自的饭钵。时不时地，会有同学突然冒出一句："我的蛋呢？""我的香肠呢？"引发一阵哄笑，谁都明白，它们已经落入某个翘课同学的肚子里了。

我后来在深圳成家，跟我岳父岳母一起生活。他们都是四川人，每到冬天，就会自己动手灌香肠。先从市场买回小半桶猪肠，拿瓷片将它们刮成薄薄的肠衣，再用醋和盐一遍遍揉洗，直到没有异味，又将猪肉切绞成丁，拌上盐、鸡精、糖、海椒粉、花椒粉、料酒等辅料，拌匀后，我岳母会拿起一小坨肉舔尝味道，淡了则继续放盐……开始灌香肠了，拿一个装胶卷的小筒子剪掉底子，撑开肠衣，好让肉丁顺利通过。我通常负责绑扎，给刚灌好的长长香肠分段，扎成一节一节的，吊挂在阳台顶棚的铁条上。看着香肠一根根油红瓦亮地垂下来，再加上那些酱过的肉和鱼，感觉像迎来硕果累累的季节。

日子一天天过去，鲜润的香肠腊肉经过日晒风吹，慢慢地干缩了，颜色也变深了，那股诱人的香气变得愈加浓烈，不断地刺激你的食欲。刚收起的腊味是最好吃的，新鲜、丰腴、濡润，冷藏久了，会干了瘪了，口感没有那么好。

岳父岳母后来回四川，每年还会给我们寄来香肠腊肉，还有我爱吃的"风鸡"，它是用走地鸡制成的，风干后仍很大一只。最好的腊味在商店里是买不到的。听我岳母说，大凉山的"老彝胞"腌制好肉后，爱将它们吊挂在自家的屋梁上，底下有个火塘终年不熄，将草木的天然之香丝丝缕缕地熏浸到肉里……它们看上去黑乎乎的，没有一丝卖相，一入口却油水淹牙，叫人欲罢不能。

有一年，我岳母托雅安的亲戚给我们订了一"条"猪，猪是山里人放养的，肉厚膘肥。我岳母说做腊肉要用"坐墩肉"，也就是猪的腿子肉和背膘肉，肉质细密结实，当然不宜太瘦，有四指宽的肥膘最好。亲戚们后来帮我们杀了猪，做成腊肉香肠，装成三大纸箱寄过来。那批腊味肥瘦相间，吃起来又香又糯，且带着浓郁的山野风味。那年我回潮汕过春节，散给亲友一些，剩下的吃了整整一年。

过去我们也常常回四川过年，并随老人到乡下"走人户"，每家每户的餐桌上总少不了一盘腊肉一碟香肠。我岳母喜欢拿腊肉切丁，炒嫩绿的豌豆，拿腊肉切片，炒青蒜苗，让人百吃不厌。

疫情发生后，我已经有几年没去四川了。每回跟别人谈起川菜，我总会想起我岳母传授如何做腊肉时的情态。比如她一说到"坐墩肉"或是猪身上的某个部位，就会习惯性地拿手指对着我们比画，惹得我们笑哈哈地躲开。

煲　汤

记得罗湖原来有家酒楼叫"食为先"，专做粤菜。我和朋友去吃过几回，味道如何已经不记得了，倒是因为名字起得好，到现在还没有忘记。

我们这个民族，过去受过太多的苦，挨过太多的饿，所以对吃、对食物都有着特殊的感情和感悟。可以说，得益于一代代烹饪者的躬体力行，饮食这等大俗之事才渐成气候，从皇宫的精细膳食到平常百姓家的粗茶淡饭，蔚然成为横跨大江南北的雅事。古人有言，"民以食为天"，而对于广东人来说还必须"食以汤为先"，饭前先来碗"老火汤"，既可润喉养胃，又可减少饭量便于瘦身。

广东人为什么爱喝汤？应该跟气候环境有关。一个是天气炎热需要补充水分，一个是暑湿所居，需要汤药调理，清火祛湿。广东人的煲汤是出了名的，有一个笑话，说上海人抓到个外星人，立刻将它关起来卖门票赚钱。要是让广东人抓到了，必大呼速速送来煲汤。在外地人眼里，广东人什么东西都可以拿来煲汤，连蝎子和榴梿也不曾放过。

蝎子汤我没喝过，榴梿煲鸡倒是吃过几回，味道清甜，适合于入冬后进补。外地来的朋友想要得到广东妹子的青睐，可别忘了夸她会煲靓汤，这在从前，就是评价一个广东媳妇的重要标准。

　　事实上，早些年爱煲汤的只有广府人。所谓的粤菜，是由"广府菜""潮汕菜""客家菜"三种地方风味所组成的。煲汤一讲究用料，二讲究火候。最好用瓦罐，汤料除了鸡鸭鱼肉和一些海货外，还要根据季节的变化选择不同的蔬果药材，先用猛火将水烧开，再调至文火耐心地煲上三四个钟头，因此这种浓汤才叫老火汤。广东的老火汤之所以出名，还有个重要原因，无论是什么荤腥放进去，汤色绝不油光四射，大多清透得像工夫茶。很多粤菜酒楼还真出品了"工夫汤"，盛在紫砂茶壶里，再配上一个小杯，一人一壶一杯，慢慢品饮。

　　我们的祖先很厉害，早就精钻食疗，总结出一套"凡膳皆药，药食同源"的理论，在他们看来，人体类似于大自然，自成一套精密、完整的系统，只有保持阴阳中和才能不生病。可是在日常生活中，人们往往受制于自然环境、生存条件、工作压力等不良因素，导致体内阴阳失衡，就只好用药物加以调理，以"致中和"。煲汤，正是寓医于食的实操，深得个中精髓。

　　我的老家潮汕平原，过去喝的汤大多来自"汤菜"，不是用文火煲而是用猛火烧出来的，时间快效率高，就像生菜鱼丸汤，煮了丸子再丢点生菜烫一下，撒上调料即可关火，所以当地人称之为"滚汤"。潮汕人对于汤水的要求只有一个字，"甜"，也就是鲜美，看似简单实则不易。在过去，请客吃饭，除了上几道煎、炒、烙、焖的主菜，还必须有汤菜，人们所说的"四盘一""五盘一"，这个"一"指的就是汤菜。就算没有客人，除了早餐，其余两顿饭也要有汤。潮汕的汤菜像枸杞叶猪肝汤、芥菜肉片汤、虾米丝瓜汤等，都比较家常，一点鲜蚝外加几片咸菜叶也能"滚"成一锅汤。名气大的也有，比如"护国菜"，听名字就知道来头不小。据传南宋末年，宋少帝昺被元兵追袭逃到潮汕，寄宿于一座古庙。和尚们找不到好东西招待他，只能摘些新鲜的番薯叶，焯水去除苦味，制成汤菜。少帝又渴又饿，只觉得这菜叶柔滑，这汤水鲜甜，龙颜大悦，即封此菜为"护国菜"。这道汤菜经过厨师们不断改良，已成为一道比汤还要浓稠、近乎糊状的羹汤，被列为潮汕特色菜中的上品。

传统的潮汕人喝汤，既不像广府人那样放在饭前，也不像北方人置于饭后，而是边吃饭边拿着小汤匙慢悠悠地舀着喝。这种吃法容易稀释胃液影响消化，并不可取。倒是有不少人已渐渐喜欢上煲汤，从某种意义上讲，也算丰富了潮汕菜的样式。

大家都说广东的老火汤可以养生，而在煲汤的过程中，也蕴含着一种朴素的哲理、一种对生活的态度。怎么说呢？每个人的一生，又何尝不是在煲自己的老火汤？
要有耐心，也要有信心，慢慢熬吧，好日子都是熬出
来的。

烟火气

初到天津念书，我常常惊诧于那儿的油条又长又粗，早餐来一根，再加碗甜豆浆或咸豆腐脑就饱了。我老家潮汕的油条，当地叫油炸粿，身段却要娇小得多，有些比晾衣服用的木头夹子大不了多少，一口就能吞下。在那个生活物资苦缺的年代，油条不是早餐的主食，而是拿来蘸酱油下粥的。

天津人管油炸的面食叫粿子，北方别的一些地方也爱这么叫，油条只是粿子中最普通的一种。天津的油条除了直接吃，大多像粿箆那样裹在绿豆面摊成的薄饼里，涂上各种酱料变成煎饼粿子，我很爱吃，只是当时，仍在为要加一个鸡蛋还是两个鸡蛋踌躇半天。当地人却常常自带鸡蛋前往，有人分析，这是计划经济时期遗下的习惯，我倒是觉得，顾客精打细算图个实惠才是真。

关于油条的吃法，各地多少有些不同。在广式的早茶里，常见用肠粉包上油条切成块的"炸两"，据说这是广州沦陷时期，有点心师傅为了避免隔夜油条浪费而发明的，结果因价平味美而受到欢迎。大凡能够流传久远的东西，必是动人的，不是动人心，就是动人胃。在上海、江浙一带，有用糯米蒸制成饭，裹油条、肉松、榨菜卷捏而成的吃法，人们叫它粢饭，它总让我想到寿司、粽子一类的食物。我到过上海、江浙好几次，却从来没有吃过。扬州人还有另一种吃法，张爱玲女士曾在一篇文章里介绍过，"喜欢烧饼油条同吃，同于味口的甜与咸，质地的厚韧与脆薄的对照，与光吃烧饼的味道是大不相同的"。北京的吃法也有些特别。有位首都的朋友告诉我，他们爱拿油条涮火锅，只是油条小小的，听上去类似于我家乡的油炸馃。她说最好要待到锅里涮过肉和蔬菜后再下油条，这样才能集百味于一身。我家楼下有间冒菜店，去年也开始添了些油条，看来这南北的风味，因信息交流的畅达而很快获得互补。听说还有些地方，也不知道是四川还是重庆，爱拿甜馅汤圆来涮辣味火锅，任何新东西一出来，总会有人说好有人说坏，反正我是有些排斥。

　　除了受当地风俗潮流影响外，油条的吃法也因人而异。比如有的人喜欢将它直接放进口里一阵大嚼，吃得嘴角冒油；也有的人喜欢掐成一段一段，像陕西人吃泡馍那样浸泡在豆浆里，油条也就失去了脆香的口感。

　　说到豆浆油条，总是绕不开永和豆浆大王这块招牌。在永和深圳分店的菜牌上，煎饼馃子就叫蛋饼。我们小区里开了一家，周六周日有时懒得做早餐，我们就会穿过空中花园从二楼的侧门钻出去，找个靠玻璃墙的地方坐下，点些东西慢慢悠悠地吃着。直到近些年，我才真正弄清楚，永和原来是台湾的一个地名，大陆的永和豆浆大王和台湾的并没有什么"血缘"关系，它是台商到了大陆后因思念家乡的美味而创办的。十年前我到台北去，当地的熟人专门带我到永和豆浆大王的首创店去吃早餐。那家店看上去陈旧简陋，卫生倒是做得挺好的。我跟收银的阿姨闲聊几句，知道她家豆浆油条那么受欢迎，并非有什么秘方，而是一直坚持做最好的品质。

　　油条在民间有"油炸桧"之说，而在它出现之前，油炸的面食还有个古称叫"寒具"，东坡先生曾为它写过一首很美的诗："纤手搓来玉色匀，碧油煎出嫩黄深。夜来春睡知轻重，压匾佳人缠臂金。"有趣的是，写过《罗生门》的日本作家芥川龙之介在他的《中国游记》一书中也谈到了"油炸桧"："自古以来，坏人很多，可没有比秦桧更让人痛恨的了。在上海一带的马路上，有一种棒条状的油炸食品，确切的写法是'油炸块'。据宗方小太郎的说法，本来的意思是油炸秦桧，所以原来的名字叫'油炸桧'。"与油条发生故事的名人还有鲁迅先生。萧红在《回忆鲁迅先生》一文中曾提到这么一件事："鲁迅先生的原稿，在拉都路一家炸油条的那里用着包油条，我得到了一张，是译《死魂灵》的原稿，写信告诉了鲁迅先生，鲁迅先生不以为稀奇。"鲁迅先生后来在回信中调侃说，他的原稿居然还能包油条，可见还有一点用处，他自己却是拿来擦桌子的。前段时间我读陈巨来的《安持人物琐忆》，里边谈到"旧王孙"溥儒能连吃三十个螃蟹，还说到他"食油条后，不洗手，即画了，往往油迹满纸"。我也有过类似的经历，边画画边吃着油浸浸的东西，结果"针无两头尖"，把画面弄得脏兮兮的，只好掷进废纸篓。

油条是中国古老的传统小吃之一，也是最具市井味烟火气的食物。梁实秋先生曾在文章里发出感叹，在台湾吃不到北京的烧饼油条，十分想念。我想这大概就是大家常说的乡愁吧。我在深圳生活多年，偶尔回到家乡，走过一些熟悉的街巷，多年前的早晨就会跃然于眼前：红彤彤的炉火使一大锅油升温滚沸，小贩拿着长筷子翻转着变硬变脆变得黄灿灿的油炸馃，油香被晨风送出很远……记不起谁说过，我们留不住时光，却可以留住记忆。其实，记性也是靠不住的，这才是我要将它记录下来的缘由。

火锅清供

在不同的地方，火锅有着不同的叫法，西部一些地方叫暖锅，珠三角叫边炉，我的家乡潮汕叫转炉。关于火锅的起源有着各种说法，我倒是愿意相信有了鼎等炊具也就有了它。这种想法虽然听上去有些荒谬，但从火锅的吃法，我们不难想象先民们架起大锅，往滚沸的汤水里投入食物的情形。鼎后来成为祭祀神灵的礼器，大概也是因为古人对食物的敬意。我的家乡人爱管那些尖底的铁锅叫鼎，不仅因为潮汕话里仍保留着丰富的古音古词古义，也是人们对待一日三餐的庄重态度。

过去老家用的转炉多是铜芯锡盆，铜芯里烧炭，锡盆里煮菜。当然，在那个物资匮乏的年代，真正用得起转炉的人家并不多，实在馋得不行，就只能到处去借。试想某个冬日，一家老少围着得之不易的转炉，汤水急响，香气扑鼻，岂能不倍感珍惜。

家乡人信奉"大味至淡"，爱吃清汤锅底，荤菜通常放牛肉、鸡块、鱼片还有各种肉丸子，也包括鱼皮饺和肉卷,海鲜有大蚝、鱿鱼、海虾等,素菜放腐竹、豆腐、紫菜、生菜、豆芽等。我父亲爱在大家吃饱停箸后放入几个鸡蛋大的西红柿,煮至皮开肉绽再夹进每个人的碗里,掀开皮来慢吮细嚼,酸溜溜的颇能解腻。如今物质倒是丰富了,可惜大家再无心境为一餐食物浪费时间,无论是家庭还是酒楼,大都将烧炭的转炉换成了简便的电磁炉或电煮锅,从前那种近乎古雅的风致已难寻见。

20 世纪 90 年代,我在北方念书,因吃腻了食堂的饭菜,有时会和几个老乡一道去买点菜,到一位苏姓同学宿舍里煮火锅。那时候,学生宿舍是不能使用大功率电器的,苏同学就在电炉电线的一端绑了根针,拿电工钳夹住扎进从窗外经过的电线,偷电。旁边宿舍的同学常常闻香而至,自带碗筷跟我们打成一片,待吃至尾声方悄然离开。我们常戏谑说:"吃饭时子孙满堂,洗碗时家破人亡。"这事后来也不知道怎么就被老师发现了,辅导员把苏同学喊过去狠狠教训了一通。

我大学毕业后来到深圳工作,潮汕牛肉火锅正大行其道。家乡人以其近乎偏执的细致,将牛肉分成嫩肉、花趾肉、吊龙、牛䐴肉、匙肉、雪花肉、胸口膀种种,有些还喊出了"牛肉火锅就是乡愁"的口号。

有人说,没有吃过涮羊肉,不算到过北京,尤其是在秋冬季节,吃点温补的羊肉以"贴秋膘"。涮羊肉据说起始于元代,名字还是拜元世祖忽必烈所赐。这种传说未必可信，倒是大才子杨慎巧对明孝宗对联的故事听上去更为真实。话说皇帝请大臣们吃涮羊肉，一时兴起出了个上联："炭黑火红灰似雪。"大臣们一时哑口，随父赴宴的少年杨慎趁机对了下联："谷黄米白饭如霜。"博得盛名。

　　记不起哪一年，北京的东来顺将连锁店开到深圳，我去吃过几回，羊肉、肥牛肉质鲜嫩，蘸碟也是拿芝麻酱、腐乳、韭菜花搅拌的，应当是正宗的老北京味道吧？让我略略有些失望的是，再也找不到唐鲁孙先生在文章里介绍过的"羊油豆嘴炒麻豆腐"和"炸假羊尾"。而在此之前，我们吃得最多的是开在南山的小肥羊，据说这个品牌来自包头，当时的生意十分红火，每天都要排队叫号。

　　北京还有一种菊花锅子，也类似于火锅，曾在清末民初流行一时。据慈禧的女官德龄记载，每至深秋初冬，御膳房就会给慈禧送来火锅，食材除了起皮切薄的鱼片或鸡肉外，还有洗净的菊花瓣，供汤沸之后投入……我不曾吃过菊花锅子，只是在李安导演的电影《饮食男女》中见到过，同时还记住了一句话："人心粗了，吃什么都不精。"

　　说到火锅，最霸气的莫过于川渝的麻辣火锅了。如果说清汤火锅呈现的是亲人团聚的温馨亲情，那么麻辣火锅挥洒的是融入血液和骨髓的江湖豪气；如果说清汤火锅低调内敛吹皱一池春水，那么麻辣火锅则是热烈刺激气吞万里如虎。在麻辣火锅出现的地方，面包不是拿来吃而是拿来吸油，油碟不是拿来调味而是拿来降温，啤酒不是拿来怡情而是拿来解辣。红汤持续升温，食物沉浮翻滚，食客张牙舞箸，那个麻，勾魂摄魄；那个辣，荡气回肠……

曾在网上见到一幅国画，是台静农先生的旧藏，由台湾三位画家合作而成：一支高烧的红烛，一棵大白菜两个灯笼椒，还有一个炭火锅，上面题着"岁朝图"。拿火锅清供，也算一奇！

第二辑　换季

岭南的春天

近日恰好读到李白的《春夜宴从弟桃花园序》，诗人远游，与堂弟们相聚于桃花盛开的花园里，宴饮赋诗，并为之作此序文。此文虽记录春夜一瞬，短短百余字，却道出了诗人对自然、生命的深沉体验与感悟。"况阳春召我以烟景，大块假我以文章"，大块，也就是大自然，李白欢畅地融入春光里，并用自身的热情与活力激发了读者的认同。文章最后戛然而止，让人意犹未尽，恍然觉得欢宴仍在继续，诗人的吟诵之声不绝于耳。大儒朱熹也写过春日，"等闲识得东风面，万紫千红总是春"，借诗句来道出深刻的哲思，只有求得圣人之道，愿景才能达成。而写春景的诗句，要数宋祁的"红杏枝头春意闹"声名最著，只着一个"闹"字，声味色香俱显……

记得小时候，每每读到书本里对春天的描述，阳光柔和澄净，气候十分宜人，再对比现实，不禁起疑。长大后方蓦然醒悟，书里说的应该是北方的春天，至少不会是岭南的春天。

四季轮转，由冬入春，以我个人的经验判断，北方的变化要比岭南更明显些，仿佛是一夜之间，天空变得明亮起来，蒙在景物上的那层灰扑扑的东西像被一阵大风刮走，露出斑斓的底色，就连枯柴样的树干也点染了星星落落的新绿，也难怪谚语里有"一芽知春"之说。而岭南的春天，却像拽着冬天的衣角被它悄无声息地带进来，因为夹带着并不丰沛的降水，弄得又湿又冷颇不好受，那些被踩进泥泞里的落叶，更是给人一种逝去之物的感觉，好像所有的生命看上去皆毫无意义。待到寒流退尽，吹来温温吞吞的南风，可怕的回南天又到了，屋里屋外氤氲着一层水汽，衫裤被褥久晾不干，除湿机日夜轰响，人像喝了酒，昏昏沉沉的，在那种不明所以的怅然中虚度。

这样的春天，简直无法让人亲近，好在它是短促的，一转眼就到了暮春，天气回暖，人们振作起来，走向户外，去踏青、扫墓、鞭春牛、放风筝、挖野菜、吃春饼……即便是在这个时候，冬衣也切勿收起，鄙乡潮汕有谚语曰："未食粽，破裘（泛指厚衣）唔甘放。"端午前，气温仍会大起大落。

旧时的潮汕，到了春耕时节，有些村庄就会自发地组织起来，照着梁山好汉的形象往脸上涂抹油彩，勾画出"武面"和"文面"，手持尺余长双棍，相击翻转边走边舞，以多变的队列、刚劲粗犷的棍法和奔放豪迈的声势化煞驱邪，祈求神灵保佑。其中司大鼓的通常做宋江打扮，颇有在春耕时节期盼一场"及时雨"的意味。英歌舞在潮汕流传久远，有人说进化于古代傩舞，也有人说脱胎于鲁地的秧歌，总之既是一种舞蹈，也是一种民俗。

至于食物，比如春饼，也即春卷，潮汕有种别于他处的做法，拿薄如宣纸、有一定柔韧性的面饼，卷上黄瓜丝、胡萝卜丝、土豆丝、肉丝等蔬食，无须油炸，蘸酱吃，这么吃比较清爽，不易热气。还有一种"糖葱薄饼"，也是拿薄饼卷成筒状吃，只不过馅是由麦芽糖和糖等加工的，长条状，中间有许多通孔，地道的吃法还要撒上碎花生、芝麻外加一点香菜。清明前后，潮汕人还爱吃一种叫朴籽粿的小吃，用新鲜的朴籽叶和粘米粉、面粉为主料蒸制而成，颜色粉绿，吃起来松软甜香，可以清热、去积、和胃。

近些年，在深圳的菜市里也能碰见香椿芽，可以买回来炒鸡蛋。不过炒前记得要过道开水，直到香椿芽由红转绿，一个是防止引发亚硝酸盐中毒，一个是减少香椿芽的苦涩，风味清淡而甘香。吃香椿同样也是一种食疗，民间向来有"食用香椿，不染杂病"之说。

与大多数赞美春天的文人不同，丰子恺先生认为，"春所带来的美，少而隐；春所带来的不快，多而确"。这话虽有些偏颇，但至少说明一点，文人们这种拥抱春天的姿态并不能概括为全体。今年的春天，由于战争和疫情，更是无法让人喜欢得起来，我为此还作过一首小诗，借写春愁表达自己的一点忧思，同时也寄予了一点希望，现抄录如下：

> 月落孤灯静，
> 笺残入梦轻。
> 茫茫愁一片，
> 雨过万山青。

　　文章到此本该结束，忽然又记起七八年前的一个夏天，我曾久久徘徊在佛罗伦萨乌菲齐美术馆那幅叫作《春》的名画前。有评论家认为这是爱神维纳斯和众神在等待着为春之降临举行盛大的典礼，是个欢乐的主题，我却隐隐感受到一种悲凉之气，仿佛这是一场为了告别的聚会，就像《红楼梦》里的俊男美女，到了家亡人散总须一别的关头。怎么说呢，那种体会有点类似于倒春寒。

写给雨天

今年深圳的雨水似乎特别足，下起来没完没了的，且多是些瓢泼大雨，节气早已过了芒种，夜里仍无须开空调，就像睡在凉浸浸的树荫下。这不由得让我想起南宋诗人范成大的那首《喜晴》："窗间梅熟落蒂，墙下笋成出林。连雨不知春去，一晴方觉夏深。"眼下正有这种"一晴方觉夏深"的感觉。石湖居士的田园诗写得真好，不仅描绘了乡间四时风物的缤纷与恬静，还展露出哀民生之多艰的人文情怀，富于深刻的社会内涵，也难怪杨万里夸他的诗"清新妩丽，奄有鲍谢，奔逸俊伟，勇追太白"。古往今来，写雨的诗词不计其数，而像范成大这样留下近百首"雨诗"的，却颇为鲜见。由于时间不同、地点不同，雨天给诗人带来的感受往往相去甚远，这就好比蒋捷的《虞美人·听雨》，将其一生的悲欢离合融入少年、壮年、老年"听雨"这三种情景中，凭借时空的跳跃形成鲜明的对比，让人读着读着，便有一种无法释怀的怅然。

我自去岁来到海岛工作，逐渐熟谙这儿的天气，可以用"变幻无常"概括之。刚刚还烈日当空，转眼就刮起风下起雨。说实在的，人生又何尝不是如此？这就需要我们拥有一种生发于内心的定力，不自乱阵脚，不盲从于众，以如常之心应对无常之世。在岛上那些寂寥的雨夜，望着窗外与黑暗融为一体的山海，再看看绕着台灯飞舞的虫子，我总会想起王摩诘的诗句："雨中山果落，灯下草虫鸣。"钱穆先生称此句之妙，妙在诗人对宇宙人生抱有一番看法却故意不说，由着读者参禅般地去感悟个中的情趣与意境。

其实不仅仅在古代，近现代也有不少文人与雨结下了不解之缘，比如周作人先生就写过《苦雨》《雨的感想》《雨天闲谈》等篇章，还将书房命名为"苦雨斋"。知堂的文字，看似轻描淡写，若无其事，实则有理想和情趣在里头。知堂的"苦"，不只是悲情愁绪，更是一种物哀的审美体现。我的同乡（澄海）、掌故家高贞白先生，羁旅香港多年，据说平生喜雨，故自号伯雨，无论在报纸上开专栏又或者后来结集付梓，多以"听雨楼"为名。明知掌故家爱周旋于政要名流之间，出没于学者艺人圈子，我还是想不到他与知堂老人有过交往，两个人不仅通了信见了面，高先生的《春风庐联话》还是由知堂题签的。我想这两位文人惺惺相惜，是不是因为"苦雨斋"与"听雨楼"中都有个"雨"字，于冥冥中达成了某种默契？

再说回现实中的雨。我对它并无好感，虽然心里也明白，春雨能给大地万物带来生机，夏雨可以润禾杀暑，秋雨能够促进水稻养穗，哪怕是冬雨，也有利于蓄水，净化空气……但倘若从另一角度去看，苦雨却容易引发道路水浸、交通堵塞。即使雨中有浪漫，那也是属于年轻人的，对于到了一定年纪的人而言，只担心外出不方便，就像歌里唱的，"昨天下了一夜雨，走起路来脚挂泥"。所以也难怪我们潮汕人说到恶劣的雨天，有时会放出"打狗也不出门"这样的狠话。而且啊，我还有个改不掉的毛病：带着伞出去，总空着手回来。只要没再下雨，伞就不知丢哪儿了。想要对付这种毛病，一个是不拿新伞好伞，一个是干脆啥也不带，硬着头皮挨雨淋。

　　虽然我有些排斥下雨，但又十分喜欢雨夜。内外环境的不同总给人以反差感，尤其是冬夜，屋外凄风冷雨，更显得室内温暖如春，而喧嚣的雨声也反衬出夜的静谧，静得让你有了夜读的愿望，有了动笔的兴致。总之，雨夜躲进书房，喝茶、读书、画画，清闲而又惬意，可以说是难得的享受。不过既然都聊到冷雨了，我就不妨讲点过去的经历。那是十多年前的秋天，我们一帮旅友骑马进入图尔盖提大草原，穿越这个阿尔泰地区最大的夏牧场前往尚未开发的禾木。半路上刚好遇上大雨，我们在铺天盖地的烟雨中迷失了方向。我们的领队，一名剽悍的哈萨克族汉子，只好将我们暂时安顿在一个马棚里。大家又湿又冷，围成一圈生了火，烤得鞋袜咝咝冒烟。我太太凑得太近，待闻到焦糊味才发现高帮皮鞋有一边被烤化了。有位旅友，已记不得是谁了，将保温壶里的热咖啡倒进壶盖里，十几个人颤抖抖地传递着，触碰着彼此冰凉的手背指尖，小心地啜一口，竟生出了风雨同舟的感动和暖意。所以啊，有时候我又在想，得感谢那场不期而至的冷雨，否则哪会留下如此难忘而又美好的回忆。

落叶赋

　　看过法国电影《弗兰兹》的朋友，在惊诧于画面由黑白向彩色自由转换的同时，也随着镜头重温一些艺术名作，像藏于卢浮宫的马奈油画《草地上的午餐》《自杀》，像魏尔伦的诗作《秋歌》，"秋声悲鸣 / 犹如小提琴 / 在哭泣……"。最后诗人将自己比作那被恶风卷起的落叶，难以自持。女主安娜喜欢的里尔克，也写过一首《秋日》，与《秋歌》有殊途同归之致，迎着纷飞的黄叶诉说着自身的孤独与漂泊，呈现出人类所共同面临的生存困境。诸如此类的意象和暗喻，在中国的古诗词里可以说比比皆是，隋朝诗人孔绍安的《落叶》就是一例，"早秋惊落叶，飘零似客心。翻飞不肯下，犹言惜故林"。据东晋王嘉的《拾遗记》所载，汉武帝刘彻写过一首悼亡诗，"思李夫人，因赋落叶哀蝉之曲"。他的这个隐喻为美国诗人庞德所用，以意象派的手法改写成一首更具视觉感、更堪回味的诗歌《刘彻》，尤其是最后一句，"一片湿叶粘在门槛上"，简直是神来之笔。李义山有首爱情诗叫《暮秋独游曲江》，颇合乎鄙人的胃口。衰病垂暮的诗人独游曲江，荷叶凋残，秋水清冷，追忆往事，哀痛难抑，实在是感人至深。

《楚辞·九辩》中有言："悲哉！秋之为气也。萧瑟兮，草木摇落而变衰。"悲秋，与其说是中国文人千百年沉淀下来的一种情结，毋宁说是人们对于逝去光阴和生命无常的感伤。日本人似乎少发悲秋之叹，究其原因，应该跟他们所崇奉的侘寂等审美精神有关，在他们看来，黯然、枯寂并不代表哀歌，而是蕴藏着无限的生命能量。粗糙、简朴也非无用，实则传递出一种内在的美。也只有那种经历时间考验、具有生命感的美，才是最高级的美感。所以在日本古典的俳谐诗中，喜欢描绘枯叶、古藤、阴雨、黄昏等寂色事物。在著名的《古今集》里，吟咏的也多是些飘零无寄的红叶、转瞬即逝的晨露。这里有个故事，恰好地表达了侘寂的审美要求。日本战国时代的茶道家千利休，打扫茶室外的庭院后，还要故意摇落一些黄叶，以求得制造瑕疵的意趣，也将节候的变化纳入生命的体验当中。据说侘与寂本是分开的两个字义，在融入茶道后才变成了日本文化的精髓，影响着当代人们的生活态度和艺术审美。

不过话说回来，在中国人的认知里，秋天也能带来丰收的喜悦，而行将凋零的叶子，还可衍生出诸如红叶题诗这般浪漫的爱情，从而成为元人杂剧和明清传奇的创作母题。有一个传播甚广的版本，说唐代诗人顾况，捡到上阳宫水道漂来的一枚红叶，上面有宫女所题的哀怨诗句，遂被打动，用红叶回了一首诗并传入宫内，竟与那位怨女取得了联系，后来他又趁着战乱将她带出宫来与之白头偕老。这样的传说，听上去难免有点不可信。巧的是，我小时也看过一部叫《红叶题诗》的古装片，里面那对用红叶传情的青年男女却没有这么走运，受到皇帝御弟七王的迫害而不得不投湖殉情。

我从没在红叶上题过字，倒是有过将它夹进书里当书签的经历。那几片红叶是我从香山带回来的，数年后翻书细看，其颜色已不再鲜亮，可也由于浸染了时光而显得质朴、静美。此外，还有一种叶脉书签，我念小学时做过，方法很简单，先找到造型较好的叶子，将其埋进莲缸的细泥里，隔个十天半月取出，叶肉脱落只余下透明纤细的叶脉，精致而又典雅。

说到落叶，我总会想起岳父母家旁边那一处川西式园林罜画池。它始建于唐代，每年到了银杏落叶的时节，如踢翻一地金黄颜料，如覆盖了秋的锦缎，流光溢彩，引人浩叹。我岳母常趁散步之便捡拾白果，凑成一包后寄给我女儿，我女儿是她一手带大的，感情很深。与罜画池一墙之隔的是陆游祠，种着几株梅花，有白的也有红的。陆放翁曾出任蜀州通判，居住在罜画池南岸的怡斋。他酷爱梅花，所作的《卜算子·咏梅》，可谓是咏梅词中的绝唱。他也咏过落叶，"无端木叶萧萧下，更与愁人作雨声"，可惜无法摆脱文人悲秋的窠臼。

在深圳，秋天见不到多少落叶，倒是春天遍地金黄。那些经冬的老叶子，是被刚刚萌发的嫩柔新芽顶掉的。有时候听到叶子拥挤的沙沙声，我就想，这算不算树叶与树叶之间的耳鬓厮磨？是新叶子在挽留老叶子呢，还是老叶子在祝福新叶子？

前段时间，有位朋友转来一张图片，很有创意，一枚树叶，不知被谁镂空出一尊菩萨的形象，让人马上想起《华严经》中所言："佛土生五色茎，一花一世界，一叶一如来。"

柳　记

　　陈寅恪先生的书房叫"寒柳堂"，有人说他爱柳，我倒是想当然，觉得与柳如是有关。先生穷十年之力为柳氏作传，又以"寒柳"自况，理应有着深刻的含意。是向柳如是的侠胆豪心、家国情怀致敬？不得而知。倘若这两位处于同一时代，成为莫逆之交也不足为奇。事实上，柳如是也爱柳，在她的诗词里，柳的意象层见叠出，譬如"菡萏结为翡翠恨，柳丝飞上钿筝愁，罗幕早惊秋"，又譬如"篙水月明春腻滑，舵楼风满睡香多，杨柳落微波"。

　　在中国，柳树自古便与传统与文化结下不解之缘。《诗经》上有"昔我往矣，杨柳依依；今我来思，雨雪霏霏"，以轻柔的枝叶树影寄托心怀表达厚谊。明末清初的才子李笠翁，则从柳条的"长"且"垂"来欣赏柳树的"婀娜之致"。说实在话，柳的确有几分女子的形貌情态，也难怪柳叶被拿来形容女子的眉毛，"芙蓉如面柳如眉，对此如何不泪垂"，至于走路的姿态，也如"弱柳扶风"。

　　文人爱柳，不仅欣赏它的婀娜多姿，更为其饱满、蓬勃的生命力和抗逆性所折服。在它身上，往往寄托了自己的一番情感抱负，或沉挚激越，或淡泊平定。东晋陶渊明宅边栽了五株柳树，自号"五柳先生"。欧阳修在扬州平山堂掘土种植柳树，人称欧公柳。陆游七十多岁重游沈园，因怀念表妹唐婉写下《沈园二首》，其中的"梦断香消四十年，沈园柳老不吹绵"正是伤情难诉、以柳怀人的体现。蒲松龄临泉卜居，栽柳自号"柳泉居士"。文武双全的左宗棠出征西北，令士兵沿河西走廊一路栽种柳树数千里，人称"左公柳"。

丰子恺先生也爱柳，曾将屋子取名"小柳屋"。他怀着一颗童心，以拟人的眼光发现杨柳的"品性"，说它越是长得高，越是垂得低，"千万条陌头细柳，条条不忘记根本，常常俯首顾着下，时时借了春风之力，向处在泥土中的根本拜舞，或者和它亲吻"，颂扬柳树不忘本，懂得反哺。先生也爱画柳，画面因为有了柳，多了一缕春天气息，多了一种盎然生机。

我也画画，知道柳树并不好画，既要画出柳干的苍虬，又要画出柳条的柔嫩，还要使柳叶蓬松而富于变化，所以也难怪有人说，"画人难画手，画树难画柳，一画便出丑"。后世有有心人，帮丰先生出版了一本杨柳画谱，说是概括了他各个时期的杨柳画法，颇值得借鉴。

吴冠中先生也爱画柳，他的那幅《春风桃柳》就是对自然高度概括、用抽象的形式表现意象世界的水墨佳作。

说到这儿，我又记起陕西画家张之光先生的一幅《灞柳送别》，两个作别的身影笼罩在枝条狂放的柳树林里若隐若现，言有尽而意无穷。在唐代，灞桥上设有驿站，凡送别亲人好友东去，大多要送至灞桥，折下桥头柳枝相赠，久而久之，"灞桥折柳赠别"便成了当地的习俗。古人折柳赠别用意颇深，一是柳树容易成活，送给友人，意味着无论到了哪儿都能够安居乐业；二是"柳"与"留"谐音，足以表达依依惜别之情。

在民间，柳树还具有治病、祛鬼、驱邪避毒之功用。《齐民要术》就有"取柳枝著户上，百鬼不入家"的记载。寒食节、清明节，好多地方都有插柳之习俗，此风宋代尤盛，人们在头顶上戴个柳条帽圈，坐着插满柳条的车子轿子外出踏青。我的家乡潮汕平原，人们也酷爱种柳，有潮谚云："清明不栽柳，红颜成皓首。"

就连神仙也爱柳，观音大士一手托净瓶一手拿柳枝，向人间遍洒甘露以祛病消灾。不过也有人说，那净瓶与柳枝其实是古人刷牙的工具。这样的解释哪怕是真的，也是大煞风景。

爱桃记

　　故乡有一种粿品，类似于年糕，叫红粿桃，颇有民俗的特色。逢年过节，妇女们就会以大米为原料，加红米曲，到村前庙后的碓臼舂捣成细滑的粉末，用温水搅拌搓捏成粉红的一大团，蒸至半熟再取出，在砧板上反复揉搓，即可捏成巴掌大的粿皮，裹住加入多种配料的糯米香饭或豆馅，将它们一个一个压进雕有花纹图案的木质桃形粿印，印背往桌面一拍，翻倒过来，粿桃便做成了。

　　在世人的眼里，桃果象征着长寿，因而粿桃也就多了一层祈福祈寿的寓意。

　　说到桃子，是既好看又好吃。平原从前是见不到水蜜桃的，只有又绿又硬的鹰嘴桃，屁股上还有一抹嫩红。我尤其喜欢吃当地人所腌制的"甘草桃"，几分钱一个，吃起来有别于天然果子，不仅酥脆酥脆口感极好，还带着一种腌制后的酸甜甘香，那是里边搁了蔗糖、甘草的缘故。可以说甘草桃是我儿时最惦记的零嘴，可惜大人不让多吃，怕坏了吃饭的胃口。他们一会儿说甘草汁里放了糖精，吃多了会掉头发，一会儿又说甘草桃没削皮，吃了不干净。祖父甚至吓唬我们，说有人将毛茸茸的桃皮咀嚼后吐在太阳底下，拿放大镜一瞅，全是密密麻麻的蛆虫……他们的恐吓最终还是没能压住我们汹涌的食欲，更何况还有那些狡猾的甘草桃贩子对我们围追堵截。

学校门口、集市附近、广场戏台旁边，以及街头巷尾，到处晃动着贩子们的身影，回荡着挑动敏感神经的一声声吆喝。其实甘草桃摊子只是一个称谓，搁在一起卖的还有腌制的杨桃、橄榄、芒果、油柑、鸟梨、菠萝等。有时候县里的放映队下农村，整个村庄就跟过节似的沸腾起来，随着夜色暗下去，你会突然发现周边已有了好些甘草桃摊点。他们要不是在木盘上点一盏有着长长玻璃罩子的煤油灯，要不就是竖一根竹竿挑一盏"气死风"，用光线撑开一片片小天地，引得孩子们飞蛾扑火般地凑上去。小贩问要什么，多少个或多少片，就拿一根竹签将它们挨个挨片地串上，再拿一支排笔蘸着黄绿的汁液象征性地刷了刷，交到你的手上，你只需咬上一口便睡意全消。

到北方求学之后，我始发现桃子原来可以长得这么大，又这么嫩，撕开薄皮，汁水就会滴滴答答地流出来。水蜜桃看上去与我们想象中的"仙桃"又似乎更接近一些。民间有传说，天上蟠桃园，三千年一开花，三千年一结果，园中仙桃食一枚，可增寿六百岁。而桃木也被视为辟邪镇宅之宝，得到道家方士的青睐，故常被制成木剑佩于身悬于室，也有人将它刻成桃木人，置于家中以辟邪气。古昔的人干脆在桃木板上分别写上"神荼""郁垒"二神的名字，据说这是最早的桃符。

至于桃花，则常常要让人联想到女子的美丽或爱情的美好，"桃之夭夭，灼灼其华。之子于归，宜其室家"。粤地似有此俗，尚未婚配的年轻人见到开花的桃树要绕行三匝，以祈得到如意对象。潮汕平原有歌谣这么唱："正月桃花开是先，金凤好花列二畔。好花开在花园内，园外桃花时时开。"每年春天，家乡人喜欢上山看桃花。听说达濠的巨峰风景区是看桃花的好去处，返回时还可顺带捎回几枝，粉白的粉红的，重瓣的半重瓣的，插在家里的花瓶里以增添几分春意。

人人都说桃子好，自然就吸引了不少画家画它。虚谷笔下的桃子，如清水洗过一般新鲜纯净，青青脆脆，其造型意识也令人惊叹。当然他所追求的并不是逼真，而是内美，所以看他笔下的桃子，总有一种清爽宁静在里头。还有吴昌硕，他从东方朔食仙桃而长生不老的典故中得到启示，其笔下的硕果寿桃，在吸取民间审美情趣的同时也融入了文人画家的笔意，笔力强悍色彩艳丽，枝干笔墨苍拙老辣，富于金石的味道。同样画桃子，同样受民间艺术的熏染，白石老人的桃子却妙在"似与不似之间"，质朴清新又异趣天成。

无论是老缶先生还是白石老人，他们都创造出现实中所没有的桃果，不过咱们还能在其作品中一饱眼福，还有一种桃子，却是永远也无法见到的。段成式的《酉阳杂俎》说它出自郴州苏耽的仙坛，有人"至心祈之，辄落坛上"，形状像石块，色赤黄，用它的核研饮之，可治百病，更能治邪气。或许你已经猜到了，它就是上文所提到的仙桃。

鸟　声

　　好像是到了中年，我才又重新留意鸟儿的叫声。在这之前，长大之后，似乎有太多的事物诱惑着你又催促着你，对四季的轮转、日子的过去毫不在意。

　　我的童年是在乡下度过的，一出门便是田野，有条小河从屋前哗哗哗地流过。鸟儿的啼叫，如一支伴奏曲伴随着我成长。我十岁左右随乡人陈显达老人学国画，对着一本他亲手绘制的花鸟图谱临摹，它不仅提高了我的画技，也让我仔细观察了一些常见的鸟类：麻雀、斑鸠、翠鸟、画眉、百灵、雉鸡、老鹰……

　　我高中到县城念书，奔着高考的目标，学业繁重，几乎两耳不闻窗外事。后来到北方念大学，又贪恋着大城市里的种种热闹和新奇。接着便是恋爱，结婚，生子，为了在城市里站稳脚跟碌碌奔波。待到孩子也像我当年那样离乡别井外出求学，这才发现人生已经过半。

　　经见了世事，尝到凡人的苦乐，你才会发现，原来野心和活力只属于年轻人，也只有他们才能更加深切地体会到俗尘的快活。对我而言，现在最高兴的事就是坐在书房里，喝杯清茶，读点闲书，画几笔国画。有时哪怕只是静静地坐着，听一听窗外鸟儿的叫声，也是难得的消闲悦乐。

我家住在四楼，二楼是空中花园，从前后阳台再到每个房间的窗户，都能见到浓浓的绿影，鸟儿在细枝软叶间跳跃，啄食，发出啾啾、喁喁的声音，似乎忘情于欢乐之中，从不知道何为忧愁。也许正是由于它们不去希求什么，无所羁绊，所以声音才如此纯净、如此空灵，能够一下触碰到人类的灵魂。

我爱听鸟声，它是天籁，也是大自然的音乐。喜鹊的鸣唱总是让人心花怒放，仿佛有喜事临门。杜鹃的啼叫，古人说听上去像"不如归去，不如归去"，颇能引发乡愁。老鸹沉沉哑哑的声音，则让人如见荒凉之景，如味凄清之情。国人大多不喜老鸹，认为它会带来凶兆，但其"反哺"的习性却又成为儒家弘扬孝文化的一个典故。日本人却将老鸹视为神鸟，在日本，有种类似于牌坊的建筑叫"鸟居"，附属于神社，代表着神域的入口。有一说，鸟居起源于神话，最初是为了将公鸡放到上面，好啼叫引出躲起来的天照大神，让这个世界重放光明。鸟居的样子看上去有点像张开翅膀的大鸟，所以我总是固执地认为，鸟和神是居住在一起的。

《红楼梦》里说"天下老鸹一般黑"，无论是西方的乌鸦还是东瀛的乌鸦，皆漆黑一团。奇怪的是，它们的个头都要比中国的大很多。

潮汕人爱管鸟的鸣唱叫"彩"，到底是不是这个字，我没查考过，我倒希望是它，也只有它，才能将听觉转化为视觉，用通感的手法表达出鸟声的丰富性。其实有很多音乐，都是通过声音来呈现大自然的光色、生活的画面。比如潮州传统乐曲《画眉跳架》，就是以唢呐为主奏乐器，运用轻快、明朗的旋律来表现画眉鸟欢畅自在的生活。比如贝多芬的《田园交响曲》，也是用音乐捕捉布谷鸟的叫声和夏日的暴风雨声，以一种颇具表现力的艺术语言将音乐转化为图像，讲述关于鸟鸣和大自然的故事。再比如在《达芙妮与克罗埃》最有光彩的第二组曲中，作曲家拉威尔直接采用长笛与三把小提琴来模拟出小鸟的叫声，让听众犹如身临其境，富于情趣。

不仅仅在音乐里，翻开《诗经》这样的古典文学作品，耳边也会响起叽叽喳喳的鸟声，"春日迟迟，卉木萋萋。仓庚喈喈"，花木丰茂的春天，黄鹂在放声啼唱。"雍雍鸣雁，旭日始旦"，天刚放亮，大雁开始鸣叫。"燕燕于飞，下上其音"，燕子在天上飞翔、私语……

也就在这一年，我被派到一座海岛工作，每天早上四五点，窗外就响起了鸟声，像在宣告新的一天开始了。这里虽非"行人迹断"，却颇得"过鸟声闲意更幽"之妙。美国桂冠诗人罗伯特·潘·沃伦也有过几乎相同的感受，他在一首诗里写道："我最怀念的，不是那些终将消逝的东西/而是鸟鸣时的那种宁静。"可以肯定，多年以后，这座海岛留给我的回忆里，必定充满着鸟声。

我的老家"醉园"，数年前父亲曾植下一株天竺桂，如今已伸拔成大树，引来众多的小鸟。虽然家乡一直有着识鸟、观鸟、赏鸟的古老传统，但父亲早就不养鸟了，和更多的人一样抛开鸟笼，融入大自然中去，与鸟为友，"求其友声"。也只有聆听这种真正自由的歌唱，才能让我们忘却精神上的烦恼，变得像小鸟一样快乐。

老　井

　　我老家的房子，最早是在一条又短又窄的巷子里，这条巷子叫李厝巷。可以约略猜到，早期住这里的多是些李姓人家。那是一幢潮汕最常见的"下山虎"式民居，由两户人家合住，每户各有一间前房、"格仔间"和连着的大房，天井和客厅是公用的。天井有口水井，倒扣着一个结了绳索的小铁桶，汲水用的。那时家乡还没有自来水，水井显得尤为重要。

　　水井平时黑洞洞的，深不可测，只有到了中午，阳光直射进去，井壁漾着波纹似的明亮光斑，鱼儿在清可见底的水里游来游去，水井才卸下了神秘的面纱，变得可亲起来。为了清除井里的青苔，或者孩子们掉进去的饭粒，大人们在井里养了几条生命力较强的小鱼儿，巴茅鱼或者鲇鱼。我们几个小孩曾偷偷去钓过，始终未能得手。

　　到了 20 世纪 80 年代中期，我家修起了新房子，装水龙头已不是什么新鲜事，可父亲仍然坚持要打一口井，以备不时之需。事实证明，越到后来，水井发挥的作用越小。

几年前我家小楼重新修葺，有朋友建议将水井填埋，好腾出更多空间，父亲却不以为然，我想在他们这一代人眼里，水井已经不是普通的生活设施，而是一种情结。

有人说，水井的出现，对于古代的农业和古人的生活具有划时代的意义，信然！南宋的《避暑录话》中有此一说，"凡有井水处，皆能歌柳词"，原意是想说明柳词受欢迎的程度，我却以为反过来，也可证明当时水井应用的广泛。唐代《初学记》中曾记载："古者二十亩为井，因井为市，故云也。"所谓市井，就是商肆、人口集聚之处，古代的市井文化正是从这些地方热气腾腾地生长起来，成为某个朝代城市生活的一个缩影。其实想要了解什么叫作市井文化也不难，只需看一看张择端的《清明上河图》，或者翻一翻《金瓶梅》，满纸云霞，又有无限烟火。

刚才说到打井，在北方，尤其是在西北的黄土高坡，要打一眼井谈何容易。我曾看过一部叫《老井》的电影，讲一个村子祖祖辈辈为了得到它，不知死了多少人。在南方，特别是在地下水丰沛的岭南，打井似乎要容易得多，所以在今天的潮州城里，仍能找到不少古井的遗迹。在汕头的南澳岛，我亲眼见过一口宋井。据说南宋景炎元年（1276年），为躲避元军追击，当时的礼部侍郎陆秀夫和大将张世忠等保护宋少帝退经南澳，在海边挖井饮用。此井离海极近，起大潮时很可能会被淹没，可一尝井水，甘甜清爽，不带丝毫咸味，真是神奇！

老 井

　　我过去爱听潮剧，从剧目到内容，常于无意中与"井"相遇。比如《龙井渡头》，讲穷书生被妻子所弃，后来金榜题名的故事。还有我陪祖母听过多遍的折子戏《井边会》。折子戏有点类似于小说里的短篇，情节紧凑、开门见山，戏词也精练明快，一口气听完依然心清气爽，而不会被拖入昏昏欲睡的泥淖。我尤其喜欢《柴房会》《杨令婆辩本》《桃花过渡》那几出。

　　20 世纪 80 年代，文化艺术迅速复苏，多媒体时代又远未来到，戏剧成为人们关注的焦点，潮剧界群星闪耀，洪妙、姚璇秋、方展荣、张长城等名角你方唱罢我登场，让人目不暇接、欲罢不能。《井边会》讲的是一只白兔将"儿子"刘咬脐引向失散多年、来到井边打水的母亲李三娘。虽然母子期期艾艾地试探让人泪目，刘咬脐两个跟班老王和九成的插科打诨，却又让人忍俊不禁。当我听到李三娘哼着"野旷云低朔风寒，漫天冰雪封井栏"，心想潮汕哪来的冰雪啊。长大后方弄明白，这个故事是发生在山西太原一带，这么说，那个井应该是山西的井。

　　山西的水井我还真没留意过，倒是在十几年前看过一回四川邛崃的文君井。印象中那口古井极小，周边围着很宽的护栏，据说它是司马相如与卓文君开设临邛酒肆时的遗物。那个井确实没什么好看，好在周边的小景教人流连。我岳父的好友不知道从哪里弄到当时已经停产了的文君酒，把我们招待得心满意足。

再说回潮汕的水井，当地人对它颇为崇拜，每逢大年大节，妇女们必拿出竹匾盖住井口不再汲水，还要焚香烧纸祭拜"井公"和"井嬷"。不过祭拜井神也非我潮汕所独有，汉代的《白虎通德论》就把水井列为"五祀"之一。记得柳宗元被贬柳州后，为了解决当地居民饮水困难的问题，也曾写过一篇《祭井文》。柳子厚在柳州待了四年，为民众办了不少好事，其中最为特别的就是解放了一大批还不起高利贷、沦为奴婢的破产农民，既恢复了当地生产，又维护了社会稳定。

俗话说，饮水思源。对于那些不得不远行的游子来说，水井自然而然地取代了家国故园，成为一种怀乡的文化符号。鄙乡樟林，先辈们因苦于平原地少人多，加之天灾人祸频仍，只好搭乘红头船到南洋谋生，走时皆不忘带上一瓶"井仔泉"水。这"井仔泉"，是从莲花峰的象鼻山流淌下来的，其形凹陷若井，故得此名。听老辈人讲，到了清末民初，樟林天后宫前旷埕仍有大缸数个，里边盛满"井仔泉"水，供过番的乡亲自取，带往海外赠予亲朋品尝，乡愁遂解。

记得我考上大学时，祖母也同样让我装上一瓶"井仔泉"水，又拿红布将一撮泥土缝在里面。到了天津后我按照她的吩咐，将水和泥土投入海河，此后四年，果然水土皆服！

夏日清凉

那一年深圳的夏天特别热。

在我的印象中，小时候应该没有这么热，否则既没空调又没电扇，我们是如何熬过苦夏的？只记得黄昏将至，大人先要打几桶井水，泼洒在天井一小块水泥地上给它降降温，待吃完晚餐、冲完凉后再铺上草席，一家人坐在上面，吹着微风，聊天，吃生果，玩游戏。在妈妈的指令下，我们兄妹三个兴奋地伸出小脚丫，由着她按顺序拿指头逐一点击着，嘴里念念有词："点啊点铁钳，点看今夜哪个做阿姨？点啊点双脚，点看今夜哪个做阿爸？"念完时点到谁，谁就必须表演节目，哪怕是简简单单地说一句英文日常用语。早在入学前，妈妈就教会我们26个英文字母和一些常用语。在一阵阵欢笑声中，天好像没那么热了，待到"一身都是月"，已经困得不行了。要是有哪个孩子提出要跟父母睡，妈妈就会说："大暑小暑，皮肉孬相堵（接触）。"我们就会快速反驳："那你跟爸，皮肉怎么好相堵呀？"通常会惹得他俩相视一笑。

天气大热，我以为最好的运动便是游泳，不流汗还有趣，而最好的消暑方式当然就是泡在凉水里了。小时候生活在乡下，一出家门到处都是池塘溪流，为求自保，我们从小就学会游泳。到了夏季，我一天要泡好几回澡。上学去或者放学回来，见到水，裤头一抹一个猛子扎进去。每隔一段时间，姑妈从城里来看望我祖母，就会发出惊叹，说我晒得像"乌铁佛"，也就是黑得发亮的意思。

我祖父消暑的方式却是光着上身摇着葵扇，头枕一只有着麒麟戏球图案的青花瓷枕。我父亲因痴迷奇石，夏天喜欢拿石头当枕头。他到深圳小住，还专门带来一方四平八稳的广西大化石，我以为是送我摆博古架的，哪知道他把石头往卧室木地板上一蹾，将脑瓜枕上去，呼噜噜地拉起了鼾声。

都说苦夏苦夏，要我说，农民最苦。在《水浒传》"智取生辰纲"那一节，作者借"白日鼠"白胜

之口，道出了与我相同的想法："赤日炎炎似火烧，野田禾稻半枯焦。农夫心内如汤煮，公子王孙把扇摇。"所以小时候吃饭不扒干净，大人就会吓唬我们，长大后娶麻脸媳妇，其真实意图却是要我们别浪费，"粒粒皆辛苦"嘛。

　　在三伏天里，我们还知道有另一种降温方式。我们对着大人像知了一样不停地叫唤，热啊热啊，真正目的就是想吃"霜枝"，也就是白冰棍。小贩拎着冷藏保温瓶穿街过巷地叫卖，一根三分钱，但通常大人不给买一根，小贩就将瓶盖反过来当砧板，掏出小刀将冒着白汽的梯形冰棍切成两截，上半截小，另插一根竹签，只要一分钱。在舌头接触到冰棍的那一刻，我们浑身一个激灵，心展神畅，就好像身体里的每个细胞都醒过来了。多年以后，我从南北朝画家宗炳的《画山水序》中读到"畅神"一词，觉得拿它来形容我们小时吃冰棍的感受也颇为贴切。

　　有时大人为省钱，就会说："别到处乱动，心静自然凉。"长大后我才弄明白，这是古人的"精神消暑法"。白居易在他的《消暑诗》里早就说得清清楚楚，"散热由心静，凉生为室空"。宋代也有意思相近的诗句，"避暑有妙法，不在泉石间。宁心无一事，便到清凉山"。

　　说到"清凉"二字，原本是平平淡淡的，盖因为佛门所用，其内涵和外延也就发生了变化。佛教里的"清凉"，是指断除各种"热恼（烦恼）"后所获得的安适宁静的境界。弘一法师曾创作过一首《清凉》歌，通过月、风、水三种自然之物，进一步阐述了消除"热恼"后进入"身心无垢"的至善至美的境界。李叔同是艺术奇才，遁入空门后，法号弘一。我在网上见到过他的一幅墨宝，上书"无上清凉"，一看就是晚岁之作，退尽火气，清简静寂，观字如见佛法，令人生欢喜心，与他早期那种锋芒外露、才气纵横的书风相去甚远。

从弘一法师不同时期的书风转变，我们不难得到启示，艺术就是艺术家身上的羽毛，没有内在的生命驱动，羽毛是发不出鲜活的彩光的。窃以为，艺术家最好的状态，就是能在一段相当长的时间里游离在学术圈子之外，躲开世俗的诱惑，超然于一切潮流宗派之上，保持宁静的心境和独立的思考。朱新建先生有方闲章"打回原形"，依我个人理解便是，真正的艺术家要回到原始、野性、本真的生命状态，回到忘我的天真和自由，也唯有如此才能摆脱世俗和肉身的双重束缚，见微知著，大刀阔斧，直入艺术的"清凉境"。

所以"无上清凉"，可以说是佛家的境界，也可以说是艺术的真谛，就算将它当作一种人生态度也未尝不可。随着年龄渐长，我们更能认清生命的本质，放下该放下的，"收纳"该"收纳"的，给爱多留些空间，过轻盈、清凉的人生。

风　台

在那些近海的地方，往往会修一座天后宫，也就是妈祖庙，通常是商民渔户捐的款，目的是祈求出入平安，"海不扬波"。我的家乡樟林古港，在清代是"河海交汇之墟"，很有名的港口，附近也少不了一座妈祖庙，宫殿式的建筑，灰墙黄瓦，有拜亭、有广场，还有梳妆楼，规模不算小。别的地方通常称妈祖为"娘娘"，只有我老家例外，亲昵地喊她"姑母"。谁家娶了媳妇，次日一早，新娘子就会捧一盘大橘，带一盆清水到庙里来，说是替"姑母"洗脸梳妆尽尽孝心，无非是想跟神仙套近乎，以期得到她的庇佑。此外，在离妈祖庙不远处还有一座风伯庙。风伯也就是风神，据说是蚩尤的师弟，掌控着风力的大小和风的去向。这座风伯庙始建于嘉庆年间，听说是一位叫尹佩绅的知县带头捐款，购买已入官的"大夫第"改造成的，原来堂额书"时风若顾"，一副门联刻着"奕奕成新庙，锵锵俨应门"。到我念初中那会儿，破旧的风伯庙已经变成了我们学校的食堂和师生的宿舍，我们成天在那里进进出出，竟然不知道它的前身是座神庙，而那位神仙的塑像，更是从未见过。

在蒸汽机尚未发明或被广泛应用的年代，木帆船的动力源自呈季节性变化的海风。水路迢迢，七灾八难，若是碰到"风势不顺"，一个半月的航程得走足足三个月，要是不好彩遇上台风，樯倾楫摧，人财两空，这也就是为什么人们要供奉风伯。听说也有些地方把孟婆尊为风神，没错，就是那个守在奈何桥边，用一碗汤水抹去鬼魂记忆的阴使。

说到台风，海边的人已经司空见惯。它有好些名字，古人叫它飓风。潮汕人最感念的韩文公韩愈，曾在诗里写到它，"峡山逢飓风，雷电助撞捽"。苏轼更是在一篇《飓风赋》里记录下台风来袭的可怕场景，还有自己所遭受的惊扰。潮汕人则管它叫"风台"，好像台湾那边也是这么叫。

在琉球古籍《历代宝案》中，就有樟林海商陈万金装载槟榔驾船北上，因遇风漂流至琉球的记载……所以潮汕先辈去"过番"，也就是下南洋，亲友以银钱礼物相赠，被称作"送顺风"，是希望他能够顺顺利利。这样的礼俗一直保留至今，有出远门的熟人，无论是坐船坐车还是坐飞机，我们依然要给他们"送顺风"。若是远方来了客人，则要为他们"接落马"，也就是接风洗尘。

为了创作一个潮汕人去过番的小说，我曾买过一本书。

它原是藏于牛津大学的手抄孤本，成书于明代，记录着中国人航海线路及沿途山川地形等内容，原封面上写着"顺风相送"四个大字，所以出书时，出版社就干脆把它作为书名，颇为吉利。

古人称台风为飓风，似乎还另有一解，有着"惧风"的意思。小时候我们无知者无畏，总盼着来场台风，好叫学校停课、单位停工。窗外又是风又是雨，一家人挤在窄仄的老屋，俨然多了一种紧密的守护，比平时更加适意、温暖。台风过后，天井积着厚厚水层，上面漂着枯枝败叶，巷子里几可撑船，大人们穿着水靴，拿着铁钩竹枝疏通阴沟，孩子们不顾"会烂脚"的警告，卷起裤管蹚着浊黄的积水欢快地跑来跑去，寻找那些因为河水漫上来而乱窜的小鱼小虾。经历多了，我们终于见识到台风的破坏力，小则毁坏庄稼，影响人们的正常生活；大则崩决堤围，引起海水倒灌，家乡人叫"海风潮"或闹"咸潮"，使村庄或城市沦为泽国，房屋坍塌、家破人亡不说，那些被海水淹过浸过的田块，多年不能耕种。

我所居住的深圳，本来就是一座沿海城市，这两年又调到某海岛上班，与台风的接触更加频繁、"亲密"，防御台风、保护国家财物成了我们工作中的组成部分。对于台风，我们既要顺应自然，又要利用快捷的预报，做好充分准备。

在人类发展的历史进程中，人与大自然的关系总是有分有合，是从最初的依存，再到掠夺，再到渐渐趋于和谐。其实我们的先贤早就将敬畏自然、"天人合一"的理念写进了经典里以启迪后代，但总有盲目自大者，以万物之主宰自居，与大自然为敌，那么大自然就只好用它的方式，比如来一场台风，让他们吃点苦头。就算霸气如忽必烈，在对日本发动"元日战争"时遭遇强台风袭击，也是束手无策，那支世界上最强大的舰队折损大半，只好铩羽而归。

虽然说，台风带来的危害不小，但也不是完全没有好处，台风不仅可以驱走暑热，带来降水，还能够增加捕鱼产量。

换　季

　　"衣食住行"四个字，"衣"字在前，可以说是人生在世至关重要的一项，关乎一个人的体面与尊严。粗粝的食物可以躲着别人吃，衣服除了保暖，却还要穿出来见人。当然，在物资紧俏的年代，吃过什么好东西，有时也被有意无意地拿出来炫耀。比如20世纪80年代初，潮汕人纷纷下海经商，为了让别人相信自己的"实力"，饭后总爱叼根牙签到处走，还不时捅一下，好像肉屑仍卡在牙缝里。听说还有更夸张的，一些小地方的人爱面子，在门背后挂一条肥猪肉，出门时蹭一蹭嘴巴。

　　20世纪90年代，服装设计是个十分热门的行当，电视里经常播放时装表演，设计师是到了最后才千呼万唤始出来，被长腿的模特们花团锦簇地哄拥着走向夹道欢呼的天桥。他们脸上那种共有的、说不出的怡然自得的神气一下抓住了我，让我生出了想要和他们一样甚至超越他们的野心。后来我大学真的学了这个专业，同班六个男生共住一室。大家出身平凡，好在是学艺术的，带到学校的衣物虽不多却各有特色，平时你穿我的我穿你的毫不计较，而在外人眼中却是花样百出，总算没有辱没服装系的名号。

我毕业后虽然没有当上服装设计师，但专业的眼光仍要求我不能降低穿衣的格调和品位。我的这种坚持差不多延续到中年，忽然有一天对穿衣打扮失去了兴趣。往后再买衣服，全由我太太一手操办。由于工作原因，她出差较多，到了陌生的地方难免要逛一逛，刚开始，看到有适合我的衣服还会拍个照发来征求意见，几次之后也就干脆替我做主了。当然她也给女儿和自己买。她有个观点我比较认同：到了一定年龄，穿衣要重质，不重量。话虽这么说，有时兴之所至，难免会多买几件，回来后穿了一次两次便束之高阁。就这样，我们家的衣服越堆越多，虽然每年都会拿出一些不穿的捐到楼下的公益箱，可家里依然"衣满为患"，用我岳母的话说，可以开服装店了。每次到了换季，整理衣服便成了一次巨大的考验。

说到换季，深圳人都知道，这座城市每年"入冬"总是那么难，到了立冬天气照样热得像夏天，可寒潮说到就到，一夜之间降下去十几摄氏度，让人手足无措。有的人继续穿着短袖薄衫，有的人却已翻出长袖衫甚至羽绒服。走在大街上，若只看穿衣很难分清季节。外地的朋友准备来深，我总是无法说清该带什么样的衣物，因为指不定明天，或者后天，温度又升回去。

对于天气的反反复复，作为一名"老深圳"，我太太是不会轻易上当的，依然按兵不动。直到进入 12 月，她才确信深圳真的要"入冬"了，必须来一场换季衣服大收纳。

为了不被衣物占用太多空间，我们从网上买了真空压缩袋，把夏天的衣服叠好放进去，再拿抽风机抽掉里边的空气，有时为了压实，不得不手脚并用再加上身体的重量，直到鼓胀胀的袋子缩成了瘦长结实的"牛肉干"，这才封了气孔，像扛木板一样扛进衣柜，层层叠放。此情此景不由得让我想起初到北方念书的第一个冬天，我将洗好的裤子晾晒在宿舍外边的院子，到了傍晚去收，却发现它已被冻得硬邦邦的，只好举着两条裤管回宿舍，引得北方同学笑个不停。

有道是"人算不如天算"，总会碰到温度又回升的时候，我们只能无奈地扯开压缩袋。嗞的一声，前些天的劳动变成了无用功，空气又重新充盈了被压缩的空间，而掏出来的短衫短裤早就皱成了咸菜叶。

就这么收纳了几年，还是觉得不方便，我太太又找来一种新型的收纳箱，材料比较硬朗，不用抽气，将衣服折叠整齐放进去就好，换季时只需整箱对调。这些收纳箱设计得比较合理，有两面或三面是透明的，箱盖上还带拉链，一拉开就能准确地取出想要的衣物。至于那些夹克、西装、大衣等，还是挂起来为妙。

对于女士们来说，衣柜里永远少了一件衣服，所以总是不停地买买买。几乎每一位中年发福的女士，又都坚信有一天会瘦回去，所以老舍不得扔掉那些年轻时喜爱、如今套上去紧绷绷的衣服。其实不光她们，我也有舍不得扔的衣服，一些是穿久了有感情，一些是穿多了变得更柔软更舒服。

现在流行断舍离，我不止一次听到这样的传闻，某人将家里一切可有可无的东西都处理掉，包括家具也包括衣物，一身轻松。我真心佩服这样的"狠人"，却一直对自己狠不起来。近几年，我太太对购买衣服的热情也在递减，不知道是不是我们真的老了。虽然放下了对衣物对汽车对很多东西的执念，但还是有些东西牢牢地吸引我，比如一本本好书，渐渐占领了我家书房之外的空间。这么多的书啊，套用我岳母的话说，可以开一家书店了。

做　年

　　记得丰子恺先生有幅漫画叫《置酒庆岁丰　醉倒妪与翁》，画的就是过年，一家人坐拢来吃团圆饭，其乐融融。有古诗云："一生大笑能几回，斗酒相逢须醉倒。"亲人们能在佳节团聚、欢声笑语，是颇堪珍惜的，尤其大疫当前，至于醉倒那倒大可不必，微醺足矣。

　　我小时最向往的就是大年夜，坐在长辈们中间，看着他们抿一口酒，吃一口肉，啧啧有声，汤菜咕噜咕噜地发散热气，那种感觉真是既温馨又美好。待度过了锦

样的青春离开家乡，此后时间一如滚石下山，人事也似风浪簇生。随着年纪渐长，回家过年的次数稀了，这也正慢慢印证了那句话：故乡是用来离开和怀念的。

在我数十年的人生中，有几个春节给我留下较深的印象。一次是在北方念大学时，趁着寒假和同学跑到黑龙江的亚布力滑雪场游玩，正月初一拂晓，又从牡丹江坐火车到哈尔滨。外面天寒地冻，太阳迟迟不露脸，厚厚的窗玻璃闪动着一种并不耀眼却能一下照进心底的光，车厢里一派清和。有个小伙子来了兴致，抱起吉他弹唱着《喀秋莎》，不断有乘客的声音加入进来，把冷飕飕的空气搅得暖烘烘的。

还有一次是在十几年前，我带父母到成都岳父母家过年，正好从电视新闻里获悉西岭雪山正下着雪，立即驱车前往。那里果真大雪纷飞，天地皆白，下车后很快就变成"雪人"。我父母第一次见到雪，兴奋得像个孩子，我帮他们拍了不少照片，直到相机渗入雪水发生故障……我父亲回家后仍心潮澎湃，为此还填了一首《一剪梅》，我只记得其中几句："忽闻神女散琼瑶。天已寥寥，雪已飘飘……"

2020年，我和太太在日本过春节，从新闻里得知国内疫情日趋严重，口罩紧缺。东京、神户等城市的许多药店已开始限购，我们便一家家去买，再大包小包带回国内，分发给亲朋好友。

还有那一年春节，本想带父母去四川与岳父母团聚，机票订了，防寒服也买了，结果因为疫情我没走成，只好退掉机票，改由妻子带着女儿前往。

在深圳独自守岁，对我来说也算是一次比较新鲜的体验。除夕一早，赶紧下楼抢购一点日常菜蔬，没想到物资供应充足，只是价格略略上扬。大年夜，我切了一碟卤味，蒸了饺子，再煮了个菜汤，一个人喝起小酒。据说艺术是孤独的产物，因为孤独比快乐更能丰富人们的情感，所以李白独酌，醉眼蒙眬脑洞大开，写下了"举杯邀明月，对影成三人"这样的奇句。饭后我也来到画案前，却随手画了一串冰糖葫芦。

北方最早留给我深刻印象的就是冰糖葫芦，喜庆的红，透明的糖稀，美艳得舍不得吃掉。深圳以前难得见到冰糖葫芦，近些年却多了起来。深圳是一座新城，可以说没有什么统一的年俗，或者说传统的年味不浓。深圳也是一座"移民"城市，人们来自五湖四海，春节怎么过？每家每户大多照着自己家乡的风习来。另外，深圳也保留着原住民的一些流风余俗，比如讲客家话的城东片区舞麒麟，讲粤语的城西片区舞狮子。又比如客家人年初二，出嫁的女儿要带着"婿郎""转外家"……所以也不能说深圳的年俗就没有特色，多元、丰富就是它最大的特色。

记得多年以前，每当年近节近，人们返乡，深圳几乎成为一座空城，如今已有越来越多的人愿意留下来。值得称扬的是，疫情发生之后，有更多的市民响应政府号召，选择留深过年。当然，也不是没有人抱怨，城里过年缺少年味。其实就算回到家乡，也很难找到小时候的感觉了。虽然在时代大潮的冲击下，年俗传统式微，但年过得快不快乐，最终仍取决于自己。

过年，老深圳人叫"做年"，一个"做"字，体现了人们对于这个大节的郑重。也只有怀着深厚的情感投入进去，在忙碌中享受节日的热闹和欢乐，在细细尝味中理解传统文化的精华和生活中隐现的真谛，这个年才过得更有意义。

月穷岁尽，新春复始。那一年，我同样因疫情和工作需要留在深圳过节。有两三年没回老家了，无论如何达观，心中总抹不去那丝淡淡的乡愁，有惆怅，有留恋，有惋惜，也有希望，愿家乡亲友安好，愿天下无疫！

中　年

　　家乡樟林过去有座小凉亭，现已不在了，只有一副楹联留下来："行路难无妨小坐，时光速勿误前程。"意思真好，我为此画了幅画，两株古柏，一簇深林，有曲径通幽，没有人影，只隐约可见两匹配鞍的骏马。这两句话，我曾放在微信的个性签名上，想让自己放松一下，就看看上联；生怕自己懈怠了，又读读下联。几年前，小女到美国念书，我没别的东西可送她，就送她这两句话。她好像很喜欢，后来还引用到她的一篇文章里去。

　　我天生晚熟，加之没有多少上进心，所以处处显得比同龄人幼稚，从小到大，许多好事都赶不上趟。几年前初中同学聚会，听他们说起当时谁跟谁早恋，谁又和谁离家出走，我一脸蒙，大家还以为我是装出来的。大学时我们学的是艺术设计，同学们正好活学活用，到外头接活儿挣钱，我却傻乎乎地坐在图书馆里埋头读书。找对象，明知女方没有深户单位不给分房，我还是不顾亲友同事的劝说，同我太太领了证。孔夫子说，"四十而不惑"，我都五十了，还时有大惑：对这个时代，也对我们的同类。

人到中年，有点像台内存不足的电脑，一打开它，就会冒出个声音提醒你，速度太慢啦，只打败全国百分之几的电脑。这个年龄段，家庭、事业、身体……可以说前有埋伏、后有追兵，每天危机四伏，令人忧心忡忡。我不再喜欢过生日，要是可以的话，连元旦、春节都不想过，它们仿佛在你耳边重复唠叨："好家伙，你又老了一岁了。"

人到中年，记忆力衰退，刚想做点什么，一转身又忘了。才走出电梯口，又在担心门是不是锁好，厨房的火有没有关掉，厕所里的水龙头是不是还开着。

人到中年，最怕接到体检单。即使没有大病，那些逐年递增的数字也教你心惊肉跳，让你不得不低头承认，"金无足赤，人无完人"。

人到中年，说是发福，倒不如说是"发难"。女人比男人更害怕，所以连瘦得像秸秆的女人也都哭着喊着说自己长胖了。后来我才弄明白，"一胖遮百丑"，胖是女人衰老、不美的借口。

人到中年，我极怕看那些五六十岁的明星扮成少男少女在谈恋爱，好像找不到年轻演员似的。同样让我难受的还有，总有人爱幸灾乐祸地说，你看看，那个明星老成啥样。我很想对他说，你也拿起镜子照照自己，人家老几岁，你也同样老几岁，你以为你的脸搁在冰箱里保鲜哪。

人到中年，如船儿驶入中下游，江阔波平，既可看清来路，也能预见去处；既可感知命运的偶然，又能接受现实的必然。果然是往事不堪回首，恨不得撕掉老照片，愣头愣脑，一派青涩。如果昔日可以重来，那段初恋不至于无疾而终，高考的作文不可能偏题，某件糗事至少不会闹得沸沸扬扬……虽然时光的隧道通畅无阻，然而无法逆流而上。是啊，人生没有如果，只有因果。

　　人到中年，终于读懂了苏东坡诗词里的三层境界，青年的洒脱，中年的通透，老年的超然；终于读懂了张宗子《陶庵梦忆》的中年情结；《儒林外史》让你如逢故人；《红楼梦》请你故地重游。一句"少年听雨歌楼上，红烛昏罗帐"，就能引发你的无限惆怅；一句"近乡情更怯，不敢问来人"，便可教你泪流满面。"无可奈何花落去，似曾相识燕归来"，说的就是中年人的心态；"数卷残书，半窗寒烛，冷落荒斋里"，言的是中年人的现状。

人到中年，都说要能拿得起、放得下。拿得起，才有担当；放得下，会做减法。

人到中年，要懂得从枯燥的重复中找到乐趣，要不断向内寻求坚持的力量，最好是择一事，终一生。

人到中年，不再像年轻时那样勇猛精进，宜将脚步放慢，耐着性子，不玩花样，小火慢炖，过去所有经历和经验，都是下锅的汤料。

人到中年，要多读点哲学，多懂点历史，对生命宇宙有着更深一层的领悟，还原一切事物的根本。明白浮生须臾，因而更加珍惜；明白世界多彩，因而更加热爱。

人到中年，要保持适度的沉默。沉默是一种思考，是一种姿态，也是一种尊严。朱自清先生说，沉默是一种处世哲学，用得好时，又是一种艺术。

人到中年，要明白爱是生命的本质。汪曾祺先生说过，家人闲坐，灯火可亲。要爱惜家人，也要爱惜自己，毕竟自己，也是家人的一部分。这个年纪了，不能再"寒夜读书忘却眠"，不熬夜，不放纵。这个年纪了，不必再在乎别人怎么看，只在乎爱你的人怎么看。要懂得将人和事，放到自然的规律法则中去比较。如植物扎根于土地，如四季轮转于天地，不放弃希望，但要心平气和地接受自己的平凡，并在平凡中去体验美好，感受幸福。

人到中年，要知道任何赞誉头衔都是过眼云烟，"事了拂衣去，深藏身与名"。与亲朋好友合影时，要懂得悄悄地站到边上去，将显眼突出的位置留给别人。

　　进入中年之后，我将微信的个性签名更改为："来日大难惟守静，中年已过可无为。"无为，不是不去努力，而是不必刻意，一切顺其自然。

宅生活

　　近日又拿起那本叫《在美国钓鳟鱼》的书。这本书说是小说，却是散文的笔法，虽然轻盈，有奇趣，却又颇费思量。首先，它肯定不是一本真正讲钓鱼的书，也不是一本以自然为主题的书。有人说，这本书是"反文化"的，也有人说，这是一本"寻隐者不遇"之书。好像是，布劳提根因此书而爆红，立刻隐匿起来，这有点像写《麦田守望者》的塞林格。而布劳提根开枪自杀的结局，则更像塞林格的名篇《逮香蕉鱼的好日子》。

　　既然说到了"隐"，不免会触及中国古代所谓的隐逸文化。在这方面，儒家的指引是明晰的，比如孔子就主张，"天下有道则见，无道则隐"；孟子也毫不含糊，"穷则独善其身，达则兼济天下"。话虽这么说，从孔子的实际行动，包括周游列国，还有记录在《论语》里的那些言语，就像"待价而沽"的典故，我们都不难看出他内心的急迫、焦灼。老夫子为何急于从政？无非是想去推行他的仁政，实现自己的政治抱负。

中国古代的隐士，在我看来，不外乎有两大类，一类是暂时性的，尚未看破红尘，出世是为了更好地入世。这类隐者好比武侠小说里的高人，闭关修炼，以退为进，先超越自己，再去战胜别人。像姜子牙、诸葛亮、徐庶、庞统等，都是韬椟待价，等着愿者上钩。

另一类隐士则是厌恶政治，视功名为粪土，是真正的绝尘而去。此类人，借用文天祥的诗句叫"死生已勘破，身世如遗忘"，只愿离群索居，或著书立说，或流连于山水之间，也正是他们，成为中国隐逸文化的主流。这样的名士真是不胜枚举，比如宁愿被大火烧死也不肯出仕的介之推、"采菊东篱下"的陶渊明，还有向刘备推荐诸葛亮和庞统的水镜先生等。不过与许由洗耳、竹林七贤纵歌醉酒这种带有作秀嫌疑的表现相比，我更折服于林逋的决绝。这位北宋才子一生不仕不娶，与湖山为伴。林逋会画画，可惜画完了就撕，就扔，好像只是为了取悦自己。就是书法作品，也只留下来三件，应该不是本意，纯属漏网之鱼。有人问过他，林先生啊，您的诗文这么好，为什么不留给后世？林逋的回答是，我好不容易才隐居起来，就是为了躲避诗名之扰，哪还在乎什么后世啊？应该感谢他的忠粉，偷偷地记下他的诗词，否则这世上就没有"疏影横斜水清浅，暗香浮动月黄昏"这样妙绝的佳句了。

到了20世纪末，有很多人已不再相信中国还有隐士了。一位叫比尔·波特的老外并不死心，亲身探访了终南山等地，写出一部记录中国现代隐士的著作《空谷幽兰》，隐逸文化再次成为议论的热点。隐士牵动那么多人的心，不光因其神秘，更是于无意之中勾起了人们内心深处的某种想象和渴望。

在国外也有不少著名隐士，因为文化不同认知有别，他们大多不会拒绝声名，相反还会利用作品的影响力，以及个人的威望去介入社会，推动公益事业，影响他人的生活。我们所熟悉的《瓦尔登湖》《醒来的森林》《夏日走过山间》《山之四季》等自然文学作品，就是他们通过亲身体验、与大自然水乳交融而创作出来的作品，它们不仅记录了人与大地之间的微妙关系，还探寻简朴的愉悦，见证人性的深度，更重要的是，教会了我们如何重新定义生活。

几年前，我看过一部叫《有熊谷守一在的地方》的电影，讲述日本"隐士画家"熊谷守一30年没出过家门，醉心于庭院里的花草鱼虫，给作品赋予了更多的禅意和灵性，也为我们传递了物我相融的精神力量。

美国也有一位画家，名字叫乔治亚·欧姬芙，自丈夫去世后便隐居于墨西哥州的荒漠地带。40年间，眼里的峡谷、沙漠、荒野、海螺、动物骨头……都成了她描摹的对象，她尤其爱画微观的花朵。不过除了隐居，她还外出旅行，足迹遍及世界各地，将沿途的风景和获得的灵感纳入画中。据说她酷爱穿黑衣，是因为"黑色可以把自己隐藏起来"。相比熊谷守一的"不出门",我以为欧姬芙这种不拘泥于形式、随心所欲的"隐",更容易被现代人所接受。

我对隐逸文化是向往的。"童子穿云晚未归,谁收松下著残棋。先生醉卧落花里,春去人间总不知",这既是临川先生眼中的隐逸生活,也是我所神往的精神境界:清高淡泊,宁静致远。记得我最早的QQ名就叫"大隐",生活在城市,却总觉得有些格格不入,于是便萌生了"隐于市"的想法,像流水绕石般自然地躲开喧嚣与干扰,享受那种更合乎人性也合乎本意的闲适。当然,也相当于开启了节能模式,集中精力去做更有意义的事。

说到这里,我忽然明白,古人的"隐",应该就是我们所说的"宅"。记得自己曾画过一只爬行的蜗牛,在上方题写着"活得不如蜗牛"。在寸土寸金的城市里,想"宅",恐怕也没有那么容易。

看电影

　　我小时候住在农村，精神生活同物质生活一样贫乏。想吃点好的，要等到大年大节；想看露天电影，也得等到春耕或秋收过后，为了犒劳广大社员同志，丰富贫下中农的文化生活，县里的放映队才会下基层，一晚两三部地放映黑白电影，我们管它叫"涂脚戏"。

　　这样的喜讯，往往要比放映队先到一步，全乡立刻沸腾起来。放映地点，通常选在晒谷场或者祠堂前的空地上。待到放映队员搭起架子挂上银幕，喇叭里"喂喂喂"的试音传遍四乡六里，我们已经知道要放映什么片子了。

　　鄙乡有个笑话，说有个老太婆，得到放映电影的消息后急吼吼地跑去告诉邻居，人家问她是啥电影，她支吾了半天终于说出口："三个字'保卫'四个字。"原来是《瓦尔特保卫萨拉热窝》，片名又长又拗口，也难怪老太太记不住。

　　天还没暗下来，小孩子就扛着草席拎着板凳跑去占位，社员们也早早地拥向银幕的正反两边。大多数人既不识字，也听不懂普通话，这就需要个解说员，手擎喇叭，将普通话翻译成潮汕话。记得放映队里有个姓池的中年人，很有才，从不照着字面"死译"，而是插入许多自己的见解，十分搞笑。譬如有个镜头，一大帮旧上海大买办、有钱人在舞厅里跳交际舞，这位解说员就说"上海人不会建房子，光会打地基"，把大伙的肚皮都笑破了。我后来把这些有趣的情节，写进了小说里。

对于一群乡村少年来说，电影犹如暗夜中升起的一轮不沾尘翳、清光皎洁的满月，带着我们去神游，去想象，去希冀。打个更加恰切的比方，它像一个朝向外界的窗口，既满足了我们的好奇心，又隐含着启蒙、觉世的力量。

除了看露天电影，时不时地，我还会随父母到镇上的东里戏院去。每次总是匆匆忙忙像在打仗，我父亲右腿一骗先跨上单位配给他的单车，我快速地爬到前面的横杠上坐定，待单车缓缓行进，我母亲紧跟两步轻快地跳上后座。可是有好几回，我父亲的脚刚一踩踏板，我就发出凄厉的尖叫，小脚被绞进了车轮里。

为了省钱，父母没给我买票，我就只能坐在他们中间的空隙上，或者干脆坐到椅子的扶手上。电影里只要出现新的角色，我就会追问不休，这个是好人还是坏人？刚开始我父亲还耐心地解释，人不能完全绝对地分为好人和坏人，好人有时会办错事，坏人有时也会做好事。后来被我问烦了，就会低声发出命令："别老问，自己看！"我说我看不懂。我母亲说："看不懂下次就别来。"我只好噤声。

我后来考到苏北中学念初中，接触到来自全镇的优秀学生。有位姓徐的同学告诉我，他们几个也爱到东里戏院看电影，而且经常逃票。见我不信，他就指着一高一矮的两位同学得意地说，每次快到检票口，高个的背上矮小的，外面再罩一件大点的衣服，只露出半个小脑袋，装睡。检票的人都以为是家长带着孩子……这件事我一直记了几十年，至今仍然觉得匪夷所思。有时我也会另作他想，或许是检票员出于善意，看破不说破，也未可知也。

我真正接触到那些经典的艺术电影是在念大学后，同宿舍的老二和老五都是电影迷，时不时地，我跟着他们到天津群艺馆。虽说看的是录像，但是大屏放映，记得票价也不贵，什么《乱世佳人》《战争与和平》《简·爱》《傲慢与偏见》等片子都是在那时看的。大光明电影院隔三岔五也会搞"电影周"活动，印象最深的是"王朔电影周"，我一连看了好几部。

到了念大学这个阶段，我想从电影里得到的，已不仅仅是乐趣了，一部优秀的影片，除了能够让观众获得人类所共通的情感体验外，还必须能够提升他们的艺术鉴赏力，引发更深层次的哲学思考。比如从基耶斯洛夫斯基的电影里，尤其是"蓝白红三部曲"，我们可以随着那种特有的纪实风格去深入人物的内心，探讨关于日常生活的自我呈现和个体精神世界的主题。又比如看小津安二郎的电影《东京物语》或者《秋刀鱼之味》，则可以细察镜头里的留白与唯美，品咂细节里的温情和平淡之中所隐藏的余味。小津有本书叫《我是开豆腐店的，我只做豆腐》，写得也是平淡如水，却又耐人寻味。也正是他，让我渐渐喜欢上日本的艺术电影。如何在平庸的日子中找寻生活的微澜？如何在含蓄朴素的故事里传递细腻的情感？如何做到"无中生有"却又真实动人？关于诸如此类的问题，作为有志于文学创作的朋友，应该能够从那些优秀的日本影片里找到答案。

还有一部意大利电影，名字叫《天堂电影院》，虽非深刻痛切之作，却足以让我产生共鸣。胶片断了等待接片，或者换片，观众心急火燎，大声呼叹、哄闹……再加上爱恋之无果、死生之悲哀，电影院的解体、时代的变迁……片中的内容竟然与我们20世纪下半叶的社会发展和生活轨迹如出一辙，着实令人震惊。如此看来，无论是在中国的某个地方，或是在遥远的西西里岛，贫困、落后或者战争，都曾给大多数人带来深重灾难，而恰恰就在"他们在苦熬"（福克纳语）的时刻，电影给了人们精神上的慰藉，既疏导了情绪，又调剂了生活，且在短暂的忘情中得到活下去的勇气。

好在时代在进步，那些违背人性的东西，终将化为历史的烟尘，当我看到无数个被迫剪掉的热吻镜头又重新连接在一起，从而产生了一种"蒙太奇"的奇幻效果，一种"爱"的晕眩，泪水不禁夺眶而出。我那过往的青春啊，也在这晶亮的泪光中灿然如新。

可以说，电影是浓缩时间和生活的艺术，潮汕人有句俗语叫"猛过映电影"，说的就是速度，银幕上一闪，多少年已经过去。杜尚说他最好的作品就是他的生活，这种说法似乎更接近于行为艺术。我的理解是，艺术源于生活，但生活要远远大于艺术。常有人说"人生如戏"，或者如电影，我却偏要认为"人生不如戏"，倘若早就写好了剧本，知道了故事的脉络走向和既定终局，对于向来避苦求乐的芸芸众生来说，还有什么意思？幸好人生没有彩排，每个凡胎也都不可复制，因而才有惊喜，才有趣味，不确定的命运才值得敬畏，而对于那点简单、平凡的幸福，我们才会倍感珍惜。

中秋记

　　说到中秋，我的眼前总会升起一轮圆月，也会很自然地想起那首叫《月光光》的潮汕童谣："月娘月光光，秀才郎，骑白马，过阴塘……去时草鞋共雨伞，来时白马挂金鞍……"好像南方一些别的地方也有自己的《月光光》，内容虽有不同，但都无一例外地朗朗上口、生动活泼。中秋，又称"团圆节"，在外的游子若能回归故里，和亲人们在一起，那是再好不过，倘若不能如愿，那么尝一尝家乡的味道，或能一解

乡愁。

前段时间，我回一趟老家，友人送来一篓林檎，粉绿粉绿的，尚未熟透。听我母亲说，目前市面仍然少见，很可能是"头茬果"。小时候我们爱哼"樟林出名大林檎"的歌仔，却不知道它为什么比别处的好。如今想来，必定是跟当地的水土有关。据说林檎通常要种上三四年才能结果，而每年的收成却只有十几天，也就是中秋前后，所以在"拜月娘"的供桌上，往往可以见到这种有名的果子。此外，拜月娘不能少的还有蒸熟的芋头，不是那种吃起来软糯的小"芋卵"，而是大芋头，以表皮多沙眼为佳，由于肉质疏松，吃起来又干又粉，香喷喷的。潮汕人拿芋头拜月，是有故事的。传说元末暴政，潮汕平原有贤能者教人拿芋（潮州话与"胡"谐音）头拜祭，以鼓舞民众揭竿而起，砍下元兵首级。

潮汕人拜月娘，当然少不了月饼。月饼分两种，一种是自家做的，叫月糕，拿炒熟的糯米粉和上糖浆揉搓均匀，再填进各种形状的模具里，像盖钢章那样压出浮雕般精美的吉祥图案。月糕有圆形的，大如盘子，小如象棋；有象形的，如"弥勒佛""大鲤鱼""芭蕉叶""帆船"等，很受孩子们青睐。月糕除了有普通的白米糕，还有黄绿色的绿豆糕、灰黑色的油麻糕等。那些要拿来当供品的，大人们就会给它们喷上一层雾状的胭脂红，显得更可爱。

另一种潮式月饼，叫朥饼，朥饼的"朥"字指的是猪油。可能是工序过于复杂的缘故，很少有人自己做的，想吃就到专门的饼店买，不只中秋，一年四季都有。饼店开久，成了老字号，干脆将字号印在饼皮上，像盖了一个大圆章，红艳艳的，煞是喜气。勝饼须经烤焙，皮有多层，薄且脆，当地人叫"酥皮"，其馅也厚，香甜软润，老人家尤其爱吃。逢年过节，或者长辈生日，勝饼便成了最受欢迎的礼品。我祖母百岁之后仍然好这一口，我想它除了美味，就是吃起来不费劲，那些饼皮，还有豆沙，入口即化。

说起来不免有些惭愧，我小时候盼着过中秋，完全是冲着供桌上那些馋人的食物，至于过节的意义，倒是从未细想。然而祭礼未成，美食可望而不可即，对于孩子们简直是一种煎熬。为了转移注意力，我们就会跑去晒谷场，看烧塔。

与祭芋头的传说相仿，烧塔也是为了纪念先辈以放火为号一齐消灭元兵的壮举。我曾多次加入砌塔者的行列，帮那些大点的孩子捡些砖头瓦片，然后看着他们按"品"字形垒起一人多高的瓦塔，再往里塞满柴草，然后浇上柴油将其点燃，熊熊烈焰从高塔的砖瓦缝隙向四周、向天空急蹿，专门有人朝里面撒些松香、盐粒、硫黄，一时火星四射毕剥作响，通红透明的塔身呈现出一种绚烂到不真实的面貌，远远看去犹如一座闪闪发光的"金塔"。多年以后，当我读到三岛由纪夫小说里那座被烈火包围的金阁寺，童年时看烧塔的情景又历历在目。在小说中，金阁寺象征着世间的美好，象征着理想和道德，而我们所焚烧的瓦塔呢？除了纪念那些英勇的先辈之外，还喻示着什么？是用一场大火告别那些苦难的日子呢，还是期盼着红红火火的未来？

中秋前后，是潮汕平原一年中最好的光景，不仅物产丰富，天气也逐渐转凉。人们除了赏月祭月外，我以为秋夜也宜读书，清人黄图珌在《看山阁闲笔》中就谈到了："良夜读书，其乐何似！况月明如水，能洗涤吾尘襟；风扑如绵，可吹醒人痴梦。燃藜灯，囚蛰火，总不若清光浩影，照吾夜读耳。"秋夜也宜独自发呆，喝很酽的工夫茶，让心情松弛下来，或体会月到天心、风来水面的那种"清意味"，或细细尝味过往的人生。现代人的生活节奏太快了，压力又大，确实需要慢下来，静一静，如此方能"凸显出人性中不为人知的潜藏部分（作家茨威格语）"，保持清明的头脑，独立之精神。

中秋，对我来说，还多了一种缅怀。十二年前的中秋夜，祖母离开了我们，按说一个人活到一百零六岁，又走得安详，也算一种福分，不过作为家人，我仍然希望她能一直活在我们身边。盖因情深，故而偏执，这有点像我们明明知道"千里共婵娟"的道理，却还要去笃信"月是故乡明"！

岁岁中秋，今又中秋，近日李丛师弟约我画点与佳节有关的画，我最先想画一个"举杯邀明月"的古人，继而想画一幅"海上生明月"的夜景，最终却画了一盘潮汕朥饼。家人笑我"画饼充饥"，我想这个"饥"，不仅关乎味蕾，更关乎乡愁。

渡海帖

那一年台风"暹芭"来袭时，我恰好驻守某海岛，狂风掀起的惊涛滚滚而至，吞没了码头并激起一个比一个高的巨浪，让我再次见识到大自然的威力，也不得不承认人类的渺小。还好我早就见惯了，毕竟从小生长在海边，每年总要遇上几回台风，也熟知它演进的套路。比如到了"拗回南"，也就意味着它那最猛烈最可怕的"三板斧"过去了，偏北风转成了偏南风，接下来风雨将持续减弱。

可以说我与海有缘。我的出生地叫澄海，有"海宇澄清"之意。我家老屋紧挨着樟林古港遗址，樟林是清代海上丝绸之路的重要贸易港口，潮汕商帮、"红头船"的历史和各种传奇故事萦绕着它。20世纪70年代初期，古港遗址附近的河滩还出土过两艘远洋双桅红头船遗骸，其中有一艘长39米、宽13米，用49片壁板组成，全是泰国楠木，构件联结用的则是铜钉……

似乎是前年，有家乡朋友约我开专栏，有关家乡的介绍，正好从这开栏语中抄录一段：

"潮汕平原，自古资源匮乏，自然馈赠之物不多，捕鱼者、农耕者、商贸者，往往要与自然无情搏斗，在凶险中讨生活。磨难使先辈简单粗粝，也因此更加珍惜天地人伦，重亲情，重传统，更重自然，对于天地心生敬畏，对于万物珍之若宝，凡生活之一茶一饭、一衣一缕皆庄重对待，每一细节皆充满仪式感。而这种仪式感没有排场，没有烦琐不可得，往往简洁而又执着。饮茶如此，吃饭如此，交友、学业皆如此，不觉在这一代代人的经验中，形成了独特的民俗民风，得到了生活之真味真谛……"

从另一角度看，也正是匮乏的生活资源迫使潮汕人漂洋过海去"过番"。黑格尔说："勇敢的人们到了海上，就不得不应付那奸诈的、最不可靠的、最诡谲的元素，所以他们同时必须具有最机警的权谋。"具有海洋型性格的先贤们敢于冒险，怀抱"小小生意能发家"的信念，从最不起眼的活计干起，在一代又一代的奋斗中成长为南洋一支不可忽视的商业力量。

我十八九岁离开家乡到天津念书。天津也是海滨城市，华北地区最大的水系海河，流经市区抵达塘沽后注入渤海。我现在所居住的深圳也是依山临海，那一年，很多城市持续高温，深圳却没有那么热，这应该得益于海洋性气候的调节，尤其是不时光顾一下的台风。那一年三月，我坐车又坐船，来到这海岛工作，与喧嚣的城市相比，这里就像被明朗的曙光照亮的无人街道，给人一种过新的洁净生活的暗示。而当恶劣天气降临，看到大海接纳大自然的风风雨雨、接纳千沟万壑汇集而来的清流浊水时，我又想起唐宣宗李忱回应香严闲禅师的联句"溪涧岂能留得住，终归大海作波涛"，竟浮起一种宽大为怀的欢喜。

记得韩国有部电影叫《兹山鱼谱》，用水墨画般的黑白镜头讲述一个发生在海岛的故事。主人公丁若铨在政治上施展不了抱负，于是蹊径另辟，面朝大海，野蛮生长，自由生活！他最后留给学生的遗言更是饱含深意："昌大啊，活成不断向上飞的鹤虽也不算坏事，但是即便泥垢污秽沾染，也选择活得像兹山一样，荒凉黯然却生机勃勃、自由惬意，也未尝不是有意义的事啊……"

这个丁若铨，不就是另一个苏东坡吗？苏氏在政治上屡受打击，最终被放逐到海南岛。人人都说苏轼乐天达观，谁又听得懂他在诗词里的哀叹？"小舟从此逝，江海寄余生"，要对这个世界、对自己的未来有多绝望才会说出这样的话啊。在他的书法里，无论是《寒食帖》又或者是《渡海帖》，也都难掩内心的苍凉。元符三年（1100 年），苏轼被诏徙廉州，路过澄迈时见不到好友，深感"未知后会之期也"，于落寞中提笔写下《渡海帖》，虽信马由缰，却因注入真情而显得更加鲜活。关于"渡海"的主题，我在网上也曾见过台静农先生晚年自书的一首古体诗："老去空余渡海心，蹉跎一世更何云。无穷天地无穷感，坐对斜阳看浮云。"台先生是文化大家，文章写得好不说，书法造诣也极高。他自 1946 年到了台湾后就再也没回大陆，所以无论其文其字，仅那种倾注其中的乡愁便足以动人。

　　好像是，很多文学家都热爱大海，也喜欢描绘大海。比如曹操的《观沧海》，仅仅 56 字，便写出了大海的辽阔壮美，展现了诗人豁达的胸襟。全诗基调慷慨悲凉，情感奔放不羁，而思想却深沉含蓄，也难怪后人将它视为"建安风骨"的代表作。在西方，也有许多作家以大海为舞台为载体来创作，留下了《致大海》《白鲸》《海上劳工》《海底两万里》《老人与海》等一系列带有海洋气息的经典之作。在普希金的诗歌《致大海》中，大海象征着自由和力量，在麦尔维尔的《白鲸》中，大海则拥有了更多的意象，它不仅是险象环生的生存空间，更是主人公获得救赎的隐喻，浴海重生，就像基督教的洗礼仪式，洗去原罪从而获得新生。就连佛教，与海洋也有着密切的关系，且不说那些高僧渡海的故事，只说那佛法如海，百川归之。佛教中的苦海，也并不是真实的大海，而是人生无尽苦难的总汇，只有及早修行，才能"回头是岸"。

　　说到这里，我忍不住要推荐一部日本电影，名字叫《编舟记》，讲几个人用十五年的光阴编了一部辞典，择一事，终一生。那部辞典叫《大渡海》，海，当然也是一种比喻，文海编舟，渡人，也渡己。

寒食帖

数年前，小女将去海外留学，我特意在清明节带她回趟潮汕老家，扫墓祭祖，既是向先人辞别，也是想让她知道，不管走到哪里，她的根都在这片土地上。再说了，也正好通过此次祭奠，学习如何面对传统文化中避讳的死亡，明白人之生而自然，死也自然，这生死聚散，乃宇宙之恒定。

潮汕人管上坟扫墓叫"挂纸"，清明时叫"挂春纸"，冬至时叫"挂冬纸"。如此叫法，应该跟人们拿土块将五彩纸条或纸钱压于碑顶坟身的习俗有关。

记得那天并没有纷纷细雨如泣如诉，也没有一川烟草满城风絮，暮春的阳光带着一点热烈，我们把车开到山脚下，与从深圳过来的堂哥一家子会合，气氛轻松而又融洽。我父亲和每年都来帮忙的亲戚佳舅走在前面带路，我们十几个沿着山道边走边聊，有一阵子我竟然产生了来踏青访春的错觉。到了半山腰的墓地，佳舅摘下草帽戴上手套，拿着镰刀锄头清除一年来乱长的树枝杂草，给坟身添上新土。我拿着红绿两种颜色的油漆重描那些模糊褪色的碑文，当描到老辈人的名字时心头还是微微一颤，他们都还留存在我的记忆里，不仅没有被时间的流水卷走，反而被锛琢得更加棱角分明。长眠在此的四位老人，虽然都是高寿离世，离开了我们好多年，但那种淡淡的感伤仍然难以抹去。

我祖父祖母都信基督教，纪念仪式很自然就省略了家乡那些烧纸、燃香、献牲、放鞭炮的环节，保持着场面的洁净与安宁。我父亲站在最前面，我们在后面排成几行。我父亲朗声喊着老辈人，就像他们还活着一样，向他们依次介绍了来看望他们的子孙，四周立即腾起一种庄严、肃穆的神圣氛围。我们随着父亲的口令向祖先三鞠躬，献上鲜花……在父亲宣布礼毕之后，那种凝重的气氛才松弛下

来。之后我们便散开来，喝水，眺望远景，日头又升高了一大截，照耀着山坡、沟壑、林木，还有一个个隆起的坟头。来扫墓的乡亲越来越多，我们便告别了祖先，沿着原路返回，再次感受到春天万物生长、"皆清洁而明净"的美景。回去的路上，小女细细问起我们所祭奠的祖辈，关于他们的生前，也关于他们的离开……这些年，大家都说扫墓不过三代，随着农村城市化已成事实，乡土中国里的家族终将分崩离析。我们看到上一辈在这个时代的夹缝中仓皇，也看到下一代在不理解中淡漠，虽然我们都知道，不管现代社会如何进步，亲情都将永远值得守护。

后来，我们找了一家饭馆吃饭，父亲又专门跑去街边为小女买了点糖葱薄饼和朴枳粿。据《澄海县志》所载，清明节，潮人爱吃这两样小吃。糖葱薄饼由饼皮、馅料组成，饼皮类似裹片皮鸭的荷叶饼，软薄如纸。甜馅是用白糖和麦芽糖经过特殊加工而成的葱糖，上面还撒些碎花生白芝麻，咬一口香酥甜脆、美不可言。明代的《潮中杂记》中提到："潮之葱糖，极白极松，绝无渣滓。"小时候我们常听到贩子沿街叫卖："糖葱薄饼，有食有续，油麻粘牙香半晌。"潮汕若有知堂所提的《一岁货声》，真得将它收入。至于朴枳粿，是用朴枳树叶和果实还有大米春成粉，搅拌后蒸制而成。关于朴枳粿的由来，还有一个近乎凄惨的传说：明末，元兵于清明前入侵潮汕平原，老百姓只好逃入山林避难，饿了就采摘朴枳叶、果实充饥，后来就慢慢演变成蒸制朴枳粿的食俗。

　　最近这两年，因新冠疫情，我没有回老家扫墓。不过话说回来，清明祭祖，也只是怀念先人的一种形式。"祭而丰，不如养之薄也"，与其花大钱为逝去的亲人找一方"风水宝地"，倒不如在他活着时好好孝敬他，给他生活上的照顾、心灵上的慰藉。有部影片叫《寻梦环游记》，我看后颇有感触，它通过亡灵故事讲出了生与死的真谛，死亡并不可怕，不被人记住才可怕。亲人也一样，只要你记得他，他便活着。其实我们对死者的怀念和追忆，也是我们仍然活着的一个佐证。是人皆会死，千百年来，有多少帝王为了追求永生而着魔，最终仙丹仙药都没能留住他们的生命。既然追求肉身的永生而不得，人们便转而追求精神的不朽。在这世上，能被一代又一代的人记住传颂着的，的确很少。对于大多数普通人来说，清明祭奠，既可让我们的亲人永生，也可让我们不死，活在后人的记忆里。

　　都说到清明了，就不能不提到寒食。清明原本只是一个节气，春意正浓水木清华。从古画里我们可以看到，先民们爱在这个时候踏青、郊游、蹴鞠、放风筝、打秋千、插柳、射柳……因为寒食和清明离得较近，人们便把寒食和清明合在一起过，成为怀旧悼亡而又求新护生的传统节日。寒食，总会让人想起苏东坡的《寒食帖》。也不知道是过节的冷清加剧了他内心的孤单惆怅，还是生命中的不幸刺激了他的创作欲望，他先写下了两首五言诗，以

"空""寒""破""湿"四字道尽了自己穷愁潦倒的悲凉境况，而后又以同样的心境挥笔重抄，徐起渐快的节奏，古怪多变的字体，跌宕流转的笔锋，呐喊出一个文人积压已久的悲愤，给清明增添了一个独特、不朽的话题。

快雪时晴帖

    冬天到了，我有点怀念北方的雪。有好些年没有见到真正的雪了，那一年初到东京，刚好赶上一场雨雪，一落地就化了。后来到箱根泡温泉，因天气不好，连终年积雪的富士山也见不到一眼。

    好久以前，我曾画过一张画，鸟瞰式地构图了一座潮汕民居，鱼鳞似的屋瓦，深陷的天井，房门两侧贴着红彤彤的春联，挂在屋檐下的灯笼也是红彤彤的，透着喜气。不知为何，我又用毛笔饱蘸白色颜料，弹动指头，给画面撒下一层细细的"雪花"。其实家乡无雪，在到北方念书之前，我对雪的认识仅仅局限于文字的描述，以及图片和影视上的呈现。

    那时候，我们的大学校园坐落在天津河东区程林庄道上，由一幢幢方方正正的砖楼所组成。楼层并不高，没安电梯，走廊黑洞洞的，只看见两头出口的亮光。那些砖楼，一看就知道是受到苏联建筑风格的影响，给人一种陈旧、刻板而又严肃的印象。倒是图书馆和人工湖畔的专家楼，从造型到材料都要新颖得多，散发出后来居上的新时代气息。

记不得大一上学期的哪一天，课刚上到一半，坐在窗边的同学就骚动起来，原来是下雪了。老师知道有些南方来的同学还从未见过雪，就停下来放我们出去看个够。到北方第一年，南方人大多不怕冷，好像身上还保留着原来的热气，衣衫单薄也敢在雪地里打滚。高年级的同学扫一眼就能断定，新生，南方人。可是到了第三年、第四年，我们身上的热气就像被耗光了，越来越怕冷。

北方的冬天是明亮的、干冷的，也是洁白的。一年之中总有两三场像样的大雪，虽不像李白所说的"燕山雪花大如席"，但也有着郁达夫"埋来地角衣无缝"的效果。现代文人中我诗尊郁先生，他写梅花图，"笔花数点开天地，玉影一枝净无尘"，可媲美林和靖咏梅的传世佳句。

雪有点像国人眼里的梅花，在文艺作

品中总是带着意象和隐喻，川端康成用"穿过县界长长的隧道，便是雪国。夜空下一片白茫茫"，启动了他那部唯美主义的代表之作。帕慕克则把充满着不确定性的雪，变成政治小说《雪》中最大的象征符号，主人公卡的诗句"每一片雪花都是落向世界的一道光"，是我读到的对雪的最美的描述。而对雪最为凝练的概括，则出现在卡尔维诺那篇《消失在雪里的城市》的小说里，主人公打开窗子，"城市不见了，取而代之的是一张雪白的纸"。再读读陶庵先生的《湖心亭看雪》，"雾凇沆砀，天与云与山与水，上下一白。湖上影子，惟长堤一痕、湖心亭一点，与余舟一芥，舟中人两三粒而已"，行笔虽非雷霆万钧，然水天空阔，心中悠然，自有一番超拔尘俗的格局与风韵。在绘画里，日本大画家东山魁夷的那幅《冬华》，引人走入雪雾蒸腾、银枝交错的幻境，内心仿佛被一种超自然力所攫住，变得澄澈而又宁静。也难怪画家自己说，他所描绘的风景是人们心灵的象征。说到绘画，我记得津门已逝的画家刘荫祥先生曾有一幅画，整张纸只有半只麻雀，上面题着"好大的雪"，原来鸟的下半身已陷入蓬松的雪里，真是简得不能再简，却又余味无穷。

我喜欢下雪，毕竟下雪至少可以调和一下无聊而又枯燥的生活。阴沉沉的天空，因为下了雪，变得亮堂起来，室内清光流漾，整个人就像从烦闷中解脱出来，浑身觉得轻松了许多。不知不觉地走到室外，仰起脸来让雪花轻轻地飘落在睫毛上嘴唇上，到处走一走，寻找天然的野趣。《庄子·知北游》中有言："汝齐戒，疏瀹而心，澡雪而精神。"人在雪中，不仅肉身，就连精神仿佛也受到了雪水的洗涤，变得不一样的洁净。

雪，有时是无情的，暴雪会给生活造成诸多不便，高速公路关闭，交通瘫痪，上百万返乡过年的民工被迫滞留在车站、在路上、在异乡。在北方，我也曾吃过大雪的亏，有一次，我和同学从天津坐火车到北京，去看罗丹雕塑展。下雪天，到处堵车，等车的人很多，挤公交时我的一只皮鞋被夹在了车门外，到站后，只能像个瘸子那样一高一低地走路，引得行人十分狼狈，哈哈大笑。我索性扔掉另一只鞋，只穿着袜子在雪地里不疾不徐地行走，一副闲庭信步的淡定，待找到一家鞋店，白袜已成黑袜。

雪，又是有情的，它融化了自己，化作春水润泽万物。我还喜欢雪夜。"晚来天欲雪，能饮一杯无。"雪夜，宜小酌，酒汤杯筷，热气蒸腾，说几句知心的话，与白发苍苍的老父亲，与相濡以沫的妻子，与三五知己。"沉沉更鼓急，渐渐人声绝。吹灯窗更明，月照一天雪"，雪夜最静，宜读书，写字，清闲雅淡，或者发发呆，聆听雪花落下的簌簌声响，体会孤寂的深味。雪夜，有时也会牵动一丝淡淡的乡愁。"雪窗休记夜来寒，桂酒已消人去恨"，空想追怀，往事如烟，就像做了个梦。到了次日清晓，雪霁天晴，和风丽日，环卫工人已经清理出平坦大路和开阔的活动空间，大人们带着孩子在屋前屋后堆雪人打雪仗，在结了冰的湖面上溜冰……整个世界欢歌欣舞，焕然一新，哪怕昨夜残留着惆怅，也早就消散在新鲜的空气里，散走闲游，赏玩景色，开朗舒爽的心情，古今无异。这不由得让我想起王羲之的《快雪时晴帖》，大雪初晴，大师欣然提笔写下 28 字，向友人致以亲切的问候。这封被后人奉为稀世之宝的信札，其笔意行中带楷，节奏轻快，天然舒展，完全是愉快心情反射的结果，当然，这也与他晚年辞去公职、追求隐逸自然的生活态度息息相关。

第三辑　静中成友

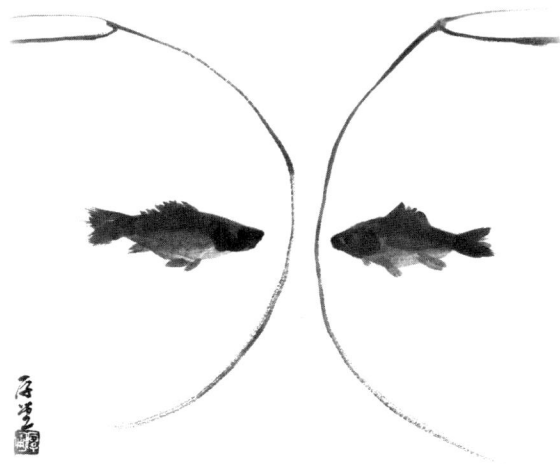

佛　手

　　算起来也有十年了，当时我与深圳文化界的一帮朋友前往云南采风，先在昆明住了两三日，又沿着怒江大峡谷一路行向终点站瑞丽。因途中不慎摔伤手臂，只好将行李匆匆托付给作家孙向学兄，中断了旅程独自返深。其时情绪低落，直至走进腾冲机场，一下子被摆放在柜台前的那些黄澄澄的果子吸引住了，黝黯的心境如受到温煦光束的照射，逐渐明朗起来。那一只只肥腴的果子，恰似佛祖之手，拈花一笑，指点迷津。我不顾左手打着沉重的石膏，买下数枚带回家中，置于书房案头，朝夕相对，只觉四周也变得清洁宁静起来。

　　旧时，读书人爱在屋里摆设蔬果花卉做案头清供，其中就少不了佛手，细究起来，是着迷于它的清雅静美。明人高濂在《遵生八笺》说过："香橼佛手出时，山斋最要一事，得朱砂红盘、青花盘、白盘数种，以大为妙，每盆置橼廿四头，或十二三者，方足香味，满室清芬。"我倒是以为，所谓清供，妙在"清"字，摆放过多，味浓则俗！

每处宜放三两只，使香气似有若无，诚如《浮生六记》中芸娘所言，"佛手乃香中君子，只在有意无意间"。

　　在水果当中，名字起得最有意思的要数释迦和佛手了，不仅形象，且带着禅意。释迦果因其外形类似佛像的头部而得名，吾乡樟林叫它林檎，粉绿色的外观，果肉洁白清甜，其独特的风味远胜于中国台湾、东南亚所产。佛手或卷曲如拳，或张开似掌，也是惟妙惟肖。佛手虽是静物，却不是死物，它有生命，会呼吸，能幽幽吐露香气。近日重读《阴翳礼赞》，若按照谷崎润一郎先生的理论，佛手当摆在灯光微暗、空间幽深的环境里，案面纹路深沉，器皿素净，佛手如黄金般泛起微微的光亮，让人寻味清寂自然之深致。《菜根谭》中有这么一句话："静中静非真静，动处静得来，才是性天之真境。"在当下这个喧嚣浮躁的社会，若能独处一隅，读书、写字、清供，不与世争，享受物外之趣，也是一种洒脱。

　　佛手谐音"福寿"，其图像或纹样广泛出现在古代宫廷、民间的瓷器和画卷上。从古至今，不知有多少画家爱画佛手，八大山人在他的《涉事落花图册》中寥寥数笔，便勾画出一只丰硕的佛手。吴昌硕曾在虚谷所作的佛手画上题写"十指参成香色味，一拳打破去来今"，大赞他的画工和魄力。白石老人也在自己的佛手画上题诗："买地常思筑佛堂，同龛弥勒已商量。劝余长作拈花笑，待到他年手自香。"他相信历经长时间的参悟与锤炼，总有一天能够抵达十指生香、满纸烟霞的境界。

佛手不仅可以拿来闻香、观色、怡情，同时它也是一味中药。据清宫档案所载，乾隆皇帝曾命人取来梅花、松实、佛手三味，以雪水烹之，美其名曰"三清茶"。佛手还可拿来泡酒，古典小说《三侠五义》里的锦毛鼠白玉堂就爱喝佛手酒。风靡潮州的"老香黄"，也是拿佛手果加蜂蜜、药材，经长时间腌制而成。我小时腹胀厌食，祖母便打开一个密封的瓷罐，里面就是油亮漆黑、绵软如膏的老香黄。她拿勺子挖出一小坨投入温水，搅拌后让我服下，积食遂化，而那种特有的佛手陈香却弥久不散。

我喜欢佛手，每年都会买些回来，在客厅的茶座上放几只，在书房的案几上放几只，一天天，看着它由妖娆肥腴渐渐风干皱缩却舍不得丢弃。我总觉得它是有生命的，只是过于短暂，一如我们的人生。

静物之美

　　我上初中时随林德雄老师学习西洋画的静物写生。他只比我大两岁，刚到樟林中学教美术，与我教英语的母亲共事。那时候我还在另一所中学念书，文化成绩不错，所以学习美术纯粹是个人爱好。我们先画素描，写生的对象是撒在衬布上的几个苹果和梨子，还有一些瓶瓶罐罐，画了一段时间后才开始学习色彩写生。刚开始我是学水彩的，上高中确定考艺科后才转为画水粉。

　　因为从小受到父亲喜欢书画的影响，又跟同乡的陈显达老人学过一年多的国画，我算是有点基础。学艺术，除了多练，还要多看，也只有这样才能开阔视野，培育出一种精纯的美学品位来。我父亲便送我一本书，名字似乎叫《素描技法》，封面是个外国男人，里面有部分内容讲到如何画静物，我开心地用牛皮纸包了封皮，十分珍爱。随着学习的深入，我又陆续托人从县里市里的大书店买回一些画册，其中就有《王肇民水彩画作品集》，封面上有盛开的荷花和玉兰各一朵。那时候王先生应该还在广州美院教书，他直接教导或间接影响了一批学生，后来成为全国水彩画领域一支不可忽视的力量。

说到西洋画，最早让我着迷的画家是爱德华·马奈，尤其是他的那幅《女神游乐场的酒吧间》。以我当时的学识，还发现不了那位女招待迷茫空洞的眼神，更无法将前台那盘橘子与"卖春"联系到一块，我只隐约觉得女招待映照在镜子里的背影有些别扭。但无关紧要，因为我的注意力早就被吧台上那些精美、迷人的静物深深地吸引了：各式各样的酒瓶、插花和盛橘子用的玻璃器皿，还有那锃亮的云石台面……我想这要下多大的苦功，才能如此熟练地概括出它们的形体结构，准确地把握它们的主要特征，捕捉到色彩光影之间所蕴含的奥妙，使它们焕发出应有的神采。

多年以后我读到一本叫《现代生活的画像：马奈及其追随者艺术中的巴黎》的书，系英国艺术史家 T.J. 克拉克所著，还接触到一些外国专家对于《女神游乐场的酒吧间》的专论，方真正了解马奈和这幅画的伟大之处在于刻意通过改变视角及违反常规的镜像处理，用梦幻般的光影来再现这个被物化的现实世界。虽然如此，我依然病态般地迷恋着画中的那些静物，它们的形象以及反射出的莹莹光点永久地印刻在我的脑海。

我的身边有不少朋友喜欢意大利画家莫兰迪，觉得他笔下的瓶子灰蒙蒙的，有点古旧又有点稚拙，让人沉入某种冥想的秘境，渗透着东方的禅意，我却更加推崇和服膺以色列画家阿利卡的静物画。在不同时期我买过他几本画册。他的肖像画和人体画的确很出名，像《玛丽亚·凯瑟琳》，还有那幅"带着一种纪念碑式的性感与忧伤"的《羞涩》，可不知为何，我还是更爱看他的静物，虽是些常见的微物，他偏偏能够从中发掘出某种动人的东西，殊为难得。

　　阿利卡作画的特点，一个是用色极薄极纯，另一个是笔法简练轻盈，每幅画基本上一次完成。比如阿利卡为纪念亡友而作的《山姆的勺》，色彩素淡，光斑颤动，小小的勺子与大面积的衬布所形成的对比，犹如中国画之留白，于虚实间赋予作品一种空灵深远的意境，引人遐思。此外还有那些面包、蔬果、鞋子、雨伞、灯泡等，都普通得不

143

能再普通，却仿佛沾染了画家的灵光和情趣，散发出清新、温暖的生活气息。

数月前，"王肇民艺术展"在潮州举办，因为疫情我无法前去观看。我一直以为，王先生受马奈、塞尚等西方印象派和后印象派画家的影响很深，就好像他的《荷花玉兰》，那简约克制、以黑白为主调的画面一下就让我想到马奈的油画《白色牡丹花》。王先生笔下的那些水果，也很容易就令人联想到塞尚的苹果，它们一样强调厚重、沉稳的体积感以及略为沉着的色调，一样不以模仿自然为能事，而是有意识地向内深挖，竭力去表现自我的主观世界。不过，王先生又同时吸纳了中国画中诸如"干湿法"等传统技巧，并蓄中西，从而形成自己独特的风格，有评论家称之为"伟大的风格"。王先生主张"物当人画"，给静物赋予了生命、人格，有美学家曾赞扬塞尚所绘静物具有高尚的道德与人格的力量，从王肇民先生的作品中，我们也能感受到那种内化的、深厚的艺术思想，还有层层向外辐射的生命光华。

最后我再交代一下，考上大学后，静物写生便成了我们的一门基础课。林德雄老师现执鞭于汕头大学，已是版画界的名家。

写完这篇小文，我特意查了下"静物"这个词，其本义是指没有生命的物体。好在还有画家，可以让它活过来。

说　画

　　因为学美术，我买过不少画册，其中给我留下最深印象的，要数卢西安·弗洛伊德（Lucian Freud）的那本外文版画集了。有时候喜欢一个画家是不需要理由的，但如果非得找个理由，那就是合乎你的胃口。

　　对于习画者，有些画家是拿来借鉴的，有些画家是拿来欣赏的，有些画家则是拿来膜拜的。就像八大山人，那是极具个性的风格，骨子里的那种孤傲、苦涩、狷狂是学不来的。搞艺术，最重要的就是做自己！再比如弗洛伊德，我当时还不知道他的大名，只是站在深圳东门那个博雅书店的玻璃柜前，很随意地翻了一下他的书，就被他粗率的风格、显露的笔触以及某种近乎神经质的情绪惊呆了。那是 20 世纪 90 年代，我囊中羞涩，来回跑了几趟难以释怀，最终咬咬牙将它买下，后来证明了我那一千块没白花，它让我获益良多。也就在去年，我女儿告诉我，波士顿美术馆有个弗洛伊德画展，她因学习紧张错过了。我至今仍替她惋惜，就像是我与它失之交臂一样。

画册印得再精美，还是比不上观赏原作来得真实、震撼，我外出旅行，总爱到当地的艺术馆逛逛，就是这个道理。六七年前我去欧洲，在卢浮宫见识了那幅尺寸不大、名气却很大的《蒙娜丽莎》，还有它前面的人山人海，而对面墙上那幅《加纳的婚礼》，卢浮宫最大的油画巨作却少有人问津。跟卢浮宫相仿，我们在佛罗伦萨的乌菲齐美术馆排了四个多小时长队，结果只看到用 103 个房间展出的艺术珍品的冰山一角。走进蓬皮杜艺术中心，更像扎进艺术的海洋，游客们围绕着杜尚命名为"泉"的小便池窃窃私语，大多数人并未意识到，自己的质疑正继续丰富着这件艺术品的内涵，跟着艺术家反艺术，反思西方文明，痛快地骂一声："去你的，艺术！"

　　在我的印象中，尼斯的马蒂斯美术馆和巴黎的橘园美术馆游客较少，作品也没有那么庞杂，反而能够让人静下心来琢磨。就像在橘园美术馆，我们不仅可以自由地流连在莫奈八幅巨型的代表作《睡莲》前面，还能顺带欣赏到塞尚、安德鲁·德兰、高更、马蒂斯、莫迪里阿尼、毕加索、雷诺阿、西斯莱等一众现代大师的作品。

　　去年到日本，正赶上 2020 年京都日本画新展，新媒体及多种材料的运用并没有引起我多大的兴趣，倒是在大阪的上方浮世绘馆，让我得以安安静静地亲近自己喜欢的艺术。

　　深圳也有几个不错的艺术馆，隔三岔五地能看到一些大画家的真迹，比如前些年，市博物馆就举办了黄宾虹书画精品展。我花了一天工夫，从宾老早期的山水，中期的纪游写生、临摹画稿，再到晚期的"黑宾虹"画作，较为系统地了解了他画画的缘起、蜕变以及衰年豹变的过程。

　　一个艺术家的作品，能够被大众所接受并流传下来，绝非偶然，而作为艺术家本身，他又是如何看待同行的作品呢？其角度和见解恐怕与普通看客大有不同。近读《石壶论画语要》，老先生对古往今来的许多画家提出了独特的批评，说宋徽宗的花鸟画是标本的水平，黄公望的山水画法就好像唱过街戏，翻来覆去地折腾，堪称画坛"毒舌"，而他对自己倒是信心满满，言其花鸟画"都寓有深意，不是无所为而作"，相信后来者中必有知音。

　　再说说弗洛伊德，20 世纪欧洲现代艺术风潮此起彼伏，他却执念于写实与表现，不妥协，不合作，终至大成。记得他在一次访谈中聊到大画家弗朗西斯·培根的作品。他第一次到培根的画室，见到他一幅"画有雨伞的"作品，"那绝对是一件了不起的作品"。两个人后来不知出于嫉妒还是创作理念的不同，关系破裂，但直到去世前，弗洛伊德的客厅里仍挂着培根所作的巨幅《双人像》。说到培根，倒让我想起他的另一个故事来。他生前曾依据委拉斯凯兹的《教皇英诺森十世肖像》进行过多次创作，却从未迈进罗马多利亚潘菲利美术馆的门槛去看原作，罗马教皇的后人认为他"始终没能克服恐惧，与他模仿的原作进行一场面对面的博弈"。

　　对于普通观众来说，我以为观赏艺术品的状态最好是似懂非懂，这就好比中国画的大写意，妙在似与不似之间。我这么说是因为艺术史或者艺术评论，总有意无意地抬高了艺术鉴赏的门槛，令普罗大众望而却步。俗话说得好，内行看门道，外行看热闹，审美的标准从来都不是唯一的，对美的需求也是可雅可俗，不必非要统一到某个认识上，正如佛家所说，"此人之肉，彼人之毒"。按照罗兰·巴特"作品诞生，作者已死"的观点，艺术品既已获得自由诠释的空间，观众的鉴赏就是艺术品的第二次创作。优秀的作品好比自助餐，客人可以各取所需。小孩子愉悦于缤纷的色彩，农夫着迷于大自然的风色，艺术家惊诧于创意与技法，而思想者，说不定能够透过肤浅的表象去认知作品的内在深度和力量，感受时代的温度冷暖。虽然，艺术品本身不会说话，但只要你看得多，就会有话要说！

插　画

　　我小时候很喜欢画画，老师在讲台上忙着板书，我在下面忙着给课文画插图。有一次老师悄悄走到我跟前，忽然一把夺过我的课本，仔细地看了看又放下来，眼神里浮起一缕惊讶。"想画画，回了家再画。"他淡淡地丢下一句便折回讲台讲他的课。我那会儿就在想，这世上可有一种职业，专门给自己喜欢的文章配画？这样既可满足小小的兴趣，又能吃饱饭。长大之后，我没能如愿成为书籍插画师，倒是养成了欣赏插图的习惯。

　　应该说，书籍插图也是绘画中的一个分支，好的插图不仅对书本起到装饰、美化的效果，还因为更直观、更形象，弥补了文字表达的不足。中国的插图历史十分久远，就算是版刻插图也要追溯到汉唐时期，造纸术的改良和印刷术的应用使精美的插图率先出现在佛教的经卷典籍里。我对古籍善本的收藏没什么研究，身边也缺乏这样的朋友，究其原因，大抵跟它的门槛较高有关，这个门槛既指专业眼光，也指雄厚财力。

我对插图的兴趣通常只局限于写东西累了，拿起来翻一翻，养养眼。比如前段时间，我的案头放着一本《多雷插图：堂吉诃德》，一拃半的长宽，里面除了多雷那些经典的配图，还摘录了杨绛先生翻译的文字；还有一本《洛克威尔》，这个纽约人16岁就成了一名插画家，之后佳作迭出，在美国广受欢迎。再往前，搁在案头的是一本厚厚的《比亚兹莱画选》，这位只活了二十六年的艺术家如流星般闪过，却又化作恒星高挂于插图艺术的苍穹。比亚兹莱的插画多为黑白两色，鲁迅先生对他颇为认可，曾亲自编过他的画选并写了篇"小引"。

　　我近期看的肯特插图，是今年出版的一本新书，里边有版画，也有钢笔画。如果说比亚兹莱的插画充斥着荒诞和罪恶的感情色彩、散发出诡秘与颓废的气息，那么肯特的插画则体现了人生的哲理、人性的光辉，让人灵光一现，深受启迪。

　　好的插图对于书本，虽谈不上雪中送炭，却可以做到锦上添花，不过肯特是个例外！正是他的插图促使兰登书屋出版的《老实人》大卖，老板塞尔夫尝到甜头后又恳请肯特为麦尔维尔的名著《白鲸》画插图，这近三百幅图画将肯特的插图艺术推向了巅峰。这中间有个小插曲，这本天价畅销书初版时，封面只印上肯特绘制，却漏掉了麦尔维尔的大名。

　　除了这些西方画家的插图，我对日本的浮世绘也十分迷恋，尤其是几年前在大阪上方浮世绘馆参观后，一口气买下好几本画册，有一本竟有十多斤重。

　　浮世绘在早期，也可以说在画家菱川师宣没有出现之前，它是以一种插画的形式，依赖于文字和册装的图书而存在的。也不知道是不是由于中国艺术是日本艺术的母体，欣赏浮世绘，我能获得一种血缘关系般的亲近感。我爱看喜多川歌麿的美人图、安藤广重的风景画、鸟山石燕的鬼鬼怪怪……尤其喜欢歌川国芳笔下的水浒人物。浮世绘确实曾受惠于中国文化，但最终所体现的却是大和民族独特的审美理念。大和民族就像个巨大、无坚不摧的胃，善于容纳各种异域文化，补气壮骨，直至化为自己的血肉。浮世绘后来传到西方，影响了印象派、后印象派以及新艺术运动，反过来，西方的绘画技术又征服了日本的艺术家们，使浮世绘终结于 20 世纪初期，但是浮世绘所形成的艺术审美和文化内涵，依然滋养着当代日本的电影、戏剧、绘画、动漫等多个领域。

　　在我国当代书籍插图中，给我留下较深印象的有赵延年先生为《阿 Q 正传》而作的木刻插图，它不仅抓住了小说人物的特征，更是揭示了鲁迅先生所要批判的那种国民的劣根性，给人以强烈的沉重感和荒诞感。此外还有张守义先生的作品，寥寥数笔却以少胜多，人物动势传情、背影传神。比如在他的名作《巴黎圣母院》插图中，线条繁复的铁花门窗与粗犷的黑色人物形成鲜明对比，既富于独特创意，又准确传达出人物的思想感情，其表现力几可达到出神入化的地步。作家余泽民十分喜爱张守义先生的作品，他曾送我处女作《匈牙利舞曲》，那是一本中篇小说集，封面设计正是张先生。他告诉我，张先生当时很喜欢这部小说集里的欧洲背景，就在扉页上特意多画了一盏欧式的路灯。我想大师为一个后辈所"点燃"的这盏小小的路灯，足以温暖他的心，也照亮他前方的路。

近日王祥夫老师出新书《油饼洼记事》，也请了周一清先生操刀做版画的封面及插图。周先生曾任南京艺术学院版画系主任，画坛名家，其累累刀痕拙厚粗放，一刀一凿都与小说的内容和精神深入对接，从而达到协调统一又交相辉映的效果。以我有限的视野所及，在近些年出版的小说当中，采用插图的少之又少。依我陋见，小说的插图还是以版画为佳。我见过拿国画给小说当插图的，怎么看都觉得别扭。散文随笔集则不然，对插图要求宽泛得多，国画、水彩、油画甚至铅笔画，只要与文本的气息相契合就行。要是能配上冷冰川先生那种独创的"刻墨"画，相信更能提升书籍整体的艺术品位。据说冷先生曾受邀为张爱玲的遗作绘制插图，其中有一幅《夹竹桃》颇为惊艳，"画出了爱玲的魂"。

我平时闲下来爱画点国画消遣。有时候写了篇随笔，受到灵感的触发也会涂鸦几笔。那一年底，深圳报业集团出版社打算为我出本随笔集，编辑钟婷老师建议再配上我的一些画作，新书出来后因图文并茂而受到好评。前段时间，我读到周作人、梁实秋、汪曾祺等名家谈吃的随笔集，忽然心血来潮，写了一系列的美食随笔，也相对应地画了一些食物，也许有一天，这些文章能够和我的食物画结合起来，出版一本《厚堂谈吃》。

画　扇

　　记得孩子将上小学的那个夏天，我和朋友两家人开了辆七座的商务车，从福建到安徽再到江浙一路玩过去。到处热浪滚滚，比深圳有过之而无不及，孩子们只愿躲在宾馆里吹空调打游戏，不肯外出，到了晚上八九点，风依然发烫。我后来在西湖边上给多米买了一柄小巧的绣花团扇，还用潮汕话教她唱老家的顺口溜，"宝扇有一支，不怕六月天。宝扇是我个（的），手动风吹来"，哄着她拍照。

　　在我记忆里，小时候的夏天哪有这么热，只要摇摇扇子吃吃西瓜就能对付过去。几乎每个夏夜，我都会躺在并排摆在院子里的两张条凳上，祖母坐在一端摇着葵扇，为我送凉风驱蚊虫。葵扇，以广东新会所产为佳，清代梁绍壬的《两般秋雨盦随笔》里也有提到："广东新会县出葵扇。"在乡下，葵扇还能在遮阳、挡尘、生火等方面发挥作用。

　　扇子是何时发明的？众说纷纭，只知道它始于远古。扇子的种类很多，比如在古装戏里，我们常常会看到太监或宫女站在帝王后侧，手持长竿羽扇，那叫"仪仗扇"，目的是显示皇家的气派和威仪。又比如在《影武士》等日本武士电影里，主帅手里老爱拿一把扇子状的东西，那叫军配团扇，相当于令旗，是指挥作战用的。至于仕女们手里的那种团扇，到了唐代已经十分流行，手艺人爱在上面施色、刺绣，小姐们则拿它扑蝶嬉戏，害羞时还能遮脸。在周昉的《簪花仕女图》中，侍女所持的长柄牡丹团扇在无意中告诉了我们一个信息，中国画的"折枝画法"在那个时期已经出现。记得西汉才女班婕妤曾为团扇写过一首诗，"裁作合欢扇，团圆似明月"，多么美好的寓意啊，可惜她又自比秋后的团扇，发出了落寞的叹息。纳兰容若那句"人生若只如初见，何事秋风悲画扇"，便是出自这样的典故。

　　既然说到扇子，就不能不提及折扇。据宋朝赵彦卫在《云麓漫钞》所载："宋人用折叠扇，以蒸竹为骨，夹以绫罗，贵家或象牙为骨，饰以金银，盖出于高丽。"折扇很可能始于高丽，只是后来经过中国人的改良。也有一说出自日本。

　　折扇在古代的文人雅士间广受欢迎，一方面是折叠便携，另一方面是可在扇面上题诗作画借物言志，更何况扇骨为竹子所制，手动而风来，乃气节风骨之体现也。金朝的元好问写过《题刘才卿湖石扇头》一诗："扇头唤起西园梦，好似熙春阁下看。"扇头，也就是扇面。中国文人向来有雅集的传统，喝酒赏景，合作书画，相与酬唱，而互赠扇子也是其中的一项。说到这里，不由得让我想起一个有趣的故事，乾隆年间，浙江按察使百菊溪与好友杭州太守李晓园因一点小事闹矛盾，见李晓园久不露面，百菊溪就差人给他送去一柄扇子。其时正值盛夏，李晓园打开一看，上面写着两句诗"我非夏日何须畏，君似清风不肯来"，遂一笑释然。

扇子后来传入欧洲，从文艺复兴到洛可可时期再到新古典时期，中国的扇子一直成为上流社会的风尚标志，它还作为模特的道具被永远记录在安格尔、马奈等大师的画作里。而在中国，扇子则以另外的道具形式被纳入小说戏剧的创作当中：诸葛亮羽扇纶巾之洒脱，贵妃醉酒扇舞之痴狂，李香君血溅桃花扇之悲壮，晴雯撕扇撕之炽烈，秦香莲接过王延龄折扇之沉重……在家乡潮剧的舞台上，一把小小的扇子，根据不同的行当有着不同的扇法，"文扇胸，武扇肚，媒扇肩，书扇臀"，光《闹钗》中胡琏手里的折扇，就有开、合、翻、腾、扑等三十多种扇法，只要将扇子溜转于五指之间，一个轻浮、油滑的花花公子形象便跃然于眼前。

好像是到了宋代，文人画开始风行，有更多的书画家喜欢落墨扇面，为中国画拓展了独特的视角，也注入了新鲜的活力，扇面画以一种新的绘画形式从扇子的实用价值中剥离出来。到了明清，扇面画更是达到鼎盛，从"明四家""清四僧"到近代的任伯年、齐白石、张大千等，都留下了大量的佳作。很多画家画得好大画，却未必画得好小画。画扇面不只难在构图，突入溢出、随形布势，更需要将诗、书、画、印融入尺幅之中，于有限的空间创造出无限的意韵。

在我认识的画家中，赵澄襄女士擅长画扇，多年前曾得到她的一本扇面画集，两个月前又蒙她惠赠折扇一柄，画里有花有茶有书，雅静闲逸犹如清风拂面。我的文友任之兄则喜欢藏扇，有一年曾命我涂鸦，我在扇面上画了一条鱼，又题了一句话，"只有死鱼才顺流而下"，它是我第一本小说集的名字，也是我至今不变的生活态度。

画钟馗

　　去岁将尽，已故的国画大家王子武先生大展在深圳开幕，我有幸见识了原本在画册中才能看到的那些名画，比如《子武自画像》《白石老人》《鲁迅先生》《悼红轩主曹雪芹先生》等。还记得他生前曾经说过，"要画好人物画，首先对要表现的对象须有强烈的感情和表现的欲望，才会笔墨之间有情有意有内容"。为了画好曹雪芹，他反复诵读《红楼梦》，下足功夫研究有关曹雪芹的资料，与将要描绘的对象同呼吸共命运，正所谓"情必近于痴而始真"。"旧王

孙"溥儒在《寒玉堂书画论》一书中也有类似的见解："写古圣先贤之象，诵其诗，读其书，先思其人，然后落笔。"在王子武先生不是很多的人物画作中，有几幅钟馗图。有一幅钟馗身着朱袍黑靴，是怒目拔剑、纵身一跃的架势，连胡须也呈现出被气流冲击的动态；还有一幅是终南进士席地而坐，以警觉的眼神读书。众所周知，传说中的钟馗原本就是个书生，上京应试因貌丑而落选，怒触殿柱而亡。后来唐玄宗得病，梦见钟馗为其驱邪啖鬼，便命"画圣"吴道子绘钟馗捉鬼图悬于宫中。也许人们对钟馗的崇拜正肇始于此，然后才波及四方，直到"有华人的地方，就有对钟馗的信仰"。在这些古今人物画上，王子武先生喜题长款，将自己的思想感悟，还有从碑石铭文中吸纳的笔法墨法，与画的主体共同构成了综合的艺术结晶，也是文化的奇观。

好像是从唐代的吴道子开始，画家们对画钟馗的热情有增无减且佳作迭出。就像有一千个读者就有一千个哈姆雷特一样，在每个画家的心中，都有一个不一样的钟馗。大画家溥儒素有"溥钟馗"之称，以秀劲清雅的笔墨与奇幻的想象，写尽钟进士的人间百态，连骑自行车、吃西餐这样的现代题材也画进去，真是"老夫聊发少年狂"，堪称"笔墨当随时代"的楷模。白石老人笔下的钟馗呆萌可爱，不是在喝酒，就是拿不求人抓痒，与左邻右舍的老头子无异。齐老爷子有幅拿着扇子的钟馗图，其画稿源自民间画师绘成的古瓷器，此举再次印证了他的创作与传统的乡土文化、民间文化、民族文化"血浓于水"的关系。再加上风趣的题诗，"乌纱破帽大红袍，举步安闲扇慢摇。人笑终南钟进士，鬼符文字价谁高"，真是大雅又大俗。

谈到钟馗画，可能有人会漏掉李可染。老先生在人物画上的成就，往往被他的牛图和山水画的光彩所遮蔽。他的《丑钟馗图》，取法于大泼墨，衣袍是黑的，脸也是黑的，浑然一体，粗犷大气，拓展了水墨写意人物的新形态。还有那幅《钟馗送妹图》，粉嘟嘟的妹妹站在粗壮的哥哥身边，更显得小鸟依人，于拙厚与细柔、泼墨与勾线的鲜明对比中绽射出个性的异彩。而在当代的画坛上，说到画钟馗就绕不开吴悦石先生，寥寥数笔，不仅准确地捕捉到人物的造型与情态，还精妙地传达出丰富的文化意蕴。吴先生尤其钟情于"朱砂钟馗"，朱砂永远鲜红，将"朱砂钟馗"挂于厅堂之上，既醒目提神，又有威镇之势。

就像从《红楼梦》中发展出"红学"一样，钟馗画在漫长的演变中，也形成了一个特别的画科，一门可供研究的学问。也许有人会问，钟馗画为何能流传下来经久不衰？原因其实并不复杂，其一，钟馗是道教诸神中唯一的万应之神，沟通天、地、人三界，奔走于神、鬼、人之间，在民间的影响力很大。钟馗的出现，正好迎合了劳苦大众真挚的宗教情结和心理需求。比如在江浙一带，旧时的端午节，民间要"画钟馗贴于后户"，或者悬钟馗像于堂中。

草草梳理一下，钟馗画不外乎以下几种类型，一种是情感生活类，表现出钟馗出游、观花、读书、饮酒、嫁妹甚至负童、抓痒等种种日常。一种是驱邪镇宅类，主要是展示钟馗的神威，如拔剑、咬剑、奔跑……总是风风火火，做除魔杀鬼状。还有一种是迎福祈祥类，与蝙蝠或喜蛛组合，寓意"福在眼前"或"喜从天降"，等等。

另一个原因也同等重要，钟馗怀才不遇、备受打击的经历和降妖伏魔的理想，契合了读书人的心理，他们似乎从幽黑的世道中发现了希望的微光，从某种狂野的不朽的意志里萃取出浓缩的精华。在钟馗画的快意笔墨里，画家们的心性和志趣的确有迹可循。可以说，钟馗是映照画家们的一面镜子。最为有趣的是，张大千先生干脆将自己的脑袋换到了钟馗的身上，《钟馗戴花》如此，《自画像钟馗》也如此，上面还题上"小儿见之而笑，小鬼见之而逃。不是天师画像，聊同进士拿妖"。

我也喜欢画钟馗，早期有一幅《钟馗坦腹醉酒图》稍觉满意，送我岳父补壁。后来我又不断地画钟馗，不了解的人总以为这是在老调重弹，实则是一个日渐精进、问道求索的过程。不过要想真正塑造一个属于自己的"钟馗"，何其难也。所以我才请人刻了枚闲章："纸废了三千。"

墨　字

　　要正儿八经地谈书法，我恐怕没有这个资格。我对书法没有做过深入研究，也谈不上写得有多好，只是因为喜欢国画，爱屋及乌，更何况还有"书画同源"一说。实际上在国画的发展历史当中，真正对书法重视要待到文人画出现之后。文人画滥觞于两晋甚至更早，主张以诗书入画，对后世的绘画影响深且广。后人再想沾染国画，都不可避免地要去学习书法。

　　书法给我最初的印象，是家家户户贴在门洞顶上和两边的春联，笔墨枯湿浓淡，笔画粗细不一，好的差的都有。年节将至，我跟着大人们去赶集，在某个角落一站就是半天，饶有兴趣地看着那些乡村书家写春联。春联看多了，不仅明白了其间的字义句意，还慢慢呷摸出写"墨字"（家乡潮汕的叫法）的一些笔法规律。

　　念小学了，我们曾上过短暂的书法课，对着一种印有红色楷字的"红纸库"摹写，"红纸库"也就是描红簿。在私下里，父亲竭力向我推荐赵体法帖，赵孟頫的那种儒雅、妍丽的字体和清和的境界令他折服。为了讨他欢喜，我临过一阵子，终因敌不过玩耍的诱惑而中辍。长大后我又断断续续地临过颜真卿的《多宝塔碑》、米芾的《蜀素帖》、智永的《千字文碑》、王铎的集字帖等，不过都是三天打鱼两天晒网，自然也难得其精髓。我很喜欢沙孟海先生的字，启功先生说"看他的下笔，是直抒胸臆地直去直来"。几年前我在北京荣宝斋二楼见到沙先生的一张行草横幅，录的是鲁迅先生的诗歌《无题·大野多钩棘》，果然用笔率意，喜以侧锋取势，纵横捭阖、气势磅礴。想要学他，自知缺少他那多方面的根底和修养，只好作罢。

最近几年由于疫情，我太太所从事的文旅行业受到冲击较大，这倒也让她偷得浮生一点闲，就想到要练练书法。中年习字，无非是为了调节生活、平复心绪，最终达到遣情抒怀、修身养性的目的。对于女性，颜体似乎太刚，柳体也瘦硬，我于是推荐她学赵体，比如《胆巴碑》，字体秀美柔润而又筋骨内涵……可最终她还是选取了颜真卿的《麻姑山仙坛记》。《麻姑山仙坛记》是颜真卿后期的书法代表作，取篆之纵势，强筋健骨，又法隶之宽博，展得开、站得牢，其笔力雄强且挟带着一股浩然之气。记得潘天寿先生有两方非常有名的印章，分别是"强其骨"和"一味霸悍"。我想我太太之所以选择颜体，也许是在潜意识里想要借助书道"强其骨"并养其气，以超然的心态应对世道的无常。

众所周知，书法作品浩如烟海，爱好者哪怕穷尽一生也难窥其全貌。横斜千万朵，赏心三两枝，喜欢什么样的字体，临习什么样的法帖，皆因人而异，性格和兴趣使然。明代大书家王铎认为，"书不师古，便落野俗一路，如作诗文，有法而后合。所谓不以六律，不能正五音也"。同时他也强调，善师古者要做到"不泥古"。临帖，无论是对临、背临、意临，都只是习字的入门，在模仿中了解笔墨的性能、掌握书写的技巧。读帖似乎更进一层，不仅揣摩其写法，从中领悟一笔一画的法度与韵味，还要细细体会这项独特艺术的质朴内敛、高雅隽永的品质，以及含融于传承气脉中的中国文化精神。

黑格尔说形式只是内容的容器，缺少情感的投入和精神的支撑，再好的技法，创作出来的东西也缺乏真气灵气。真正的艺术是反理性反教条的，创作者只有在起笔收锋、转折顿挫之间融入发乎内心的真情实感，才能收获更加高级的成果。就像颜真卿的《祭侄文稿》，如果抽离了其中极度悲愤复杂的情感，便只剩下一篇笔法狼藉、内容苍白的草稿。同理，假如《兰亭集序》和《寒食帖》中那些轻重疾徐、变化多端的笔画线条，不是刻录下作者那一瞬间的心流轨迹与心灵图式，有何价值可言？千百年后我们面对这些卓越的作品，为何内心仍然泛起涟漪甚至大受震动，正是由于它们让我们真实、直接地触摸到书写者的体温，体察到书写者内在的精神世界以至于生命状态。

可以肯定地说，这些大书家在挥毫的那一刻，已经将所谓的理论啊审美啊撇在一边，从某种意义上说，忘记了艺术，才能更好地创造艺术，这既是悖论，又是真理。所以，正是有了这些实实在在的范例，我们才懂得对那些只会玩弄观念、时尚、技法以及流派的所谓艺术家保持警觉，深信花里胡哨只是徒有其表，只有大朴不雕、庄严静穆方为大美。

其实到了我这个年纪，早已无意奢求习字的秘诀，而宁愿随天性而自悟，用孔子的话叫从心所欲不逾矩。据说野兽派的创始人马蒂斯曾经讲过，他要学习中国人，画一棵树，是从心里长出来的。我也希望有一天，那些黑黝黝的"墨字"，不仅从我的手指下长出来，还要像花一样，从我的心底里开出来。

借 山

　　深圳有几十座山，都不高，海拔最高也就八九百米，有一回带外地来的朋友到我家，他望见车窗外的山惊讶地说："原来你是住在山边啊。"我才意识到我对山已经熟视无睹了。站在家里的后阳台，每天都能看见山，有时云遮雾罩，有时明晰如洗。我搬到这里近十年，都没去打听那座山到底叫啥名字。我家的旁边有个音乐公园，也是建在山坡上的，晚饭后有时会漫步至坡顶，再俯瞰我们住宅小区那片橘色光亮。

　　我的家乡樟林，也是近处有山远处有海，近处的山叫莲花山，草木丰茂、五峰若莲，所以当地的三山国王庙，匾额上题着"山海雄镇"四个大字。深圳也有莲花山，山不在高，有邓公塑像则名，其昂首阔步的姿态颇具深意。莲花山公园很美，关山月美术馆也在那里，我常去看展，却很少爬上山去，我嫌爬山枯燥，又怕流汗，想看山景，倒不如坐在书房里翻翻画册。我少画山水，但爱看。宋代画家郭熙曾说，"春山淡冶而如笑，夏山苍翠而欲滴，秋山明净而如妆，冬山惨淡而如睡"。从古至今，不知有多少画家将山间四时的变幻留在了画里，而现代日本诗人高村光太郎，则用七年的光阴，将本国东北部岩手县的山之四季写成一部质朴而隽永的随笔集。

也不知什么道理，我并不喜欢石涛的画，它的奇肆总让我觉出那么一点炫技的味道，这就像一个姑娘，明明知道自己好看，还要更加着力去装扮。而美的最高境界，往往在于无意识中的自然呈现，故清四僧中，以八大山人画格最高，自由，任性，而又有趣！当然也有可能是我先入为主，对石涛早抱成见。明清更迭，他既已遁入空门，却又是迎驾又是献画，给新朝大唱赞歌，以求得到入世出仕的机会。好在没有得逞，否则这世上多了个无名的官痞，却少了个绘画的大师。

不过话说回来，人品差并不意味着画品就低。石涛讲求师法自然，热爱写生，大概是被黄山的奇松、怪石、云海所迷，屡游不倦。黄宾虹对黄山也是情有独钟，一生九上黄山，迭入烟云，搜尽奇峰，自谓为"黄山山中人"也。

不记得哪一年，我游黄山，其时年轻气盛，竟然信了"不到天都峰，白跑一场空"的说法，非要会会它。天都峰以险峭雄奇名世，山体拔地摩天，石阶犹如天降，尤其爬到"鲫鱼背"，云涌石摇，两侧悬崖千仞，着实让人心惊。"五岳归来不看山"，我是天都归来不爬山，往后无论到华山还是钟山，都一律坐缆车。

说到画黄山，就得提及梅清，早期的"细笔石涛"就是受了他的影响。两位画家交谊甚笃，这在梅清为石涛写的长歌里可以得到印证："我写泰山云，云向石涛飞；公写黄山云，去染瞿硎衣。白云满眼无时尽，云根冉冉归灵境。何时公向岱颠游，眉余已发黄山兴。"这首长歌还让我惊艳于梅清的想象力和文学功底，也难怪他能跟写出"相到薰风四五月，也能遮却美人腰"的大涤子惺惺相惜。我曾在书店买过梅清的一本大画册，很低的折扣，因为跟石涛比，他的拥趸实在太少了，但我却为他清俊高逸的画风所折服。

　　在近当代画家中，画山水的大有人在，优秀的有上面提到的黄宾虹，还有齐白石、张大千、李可染、傅抱石等。白石老人早年曾给自己的书斋取名"借山吟馆"，别人问他何意，他说山不是自己的，只不过借来娱目而已。后来他还画了一套《借山图册》，已经不落前人窠臼，显示出成熟的艺术魅力。广西美术出版社曾出版过一套"北京画院藏齐白石手稿"，取名《人生如寄》。天地之大，没有一样东西是永远属于某个人的，你我皆过客，用日本大画家东山魁夷的话叫"不存在什么常住之世，常住之地，常住之家……只有流转和无常才是生的明证"。因而画家们借山入画，将自己的情感和思想倾注其中，既是为了求得物我交融传神写心，也寄希望于用艺术创造来延长自己的"生命"。

　　借山入画是一种境界，而借山而居又是另一种境界。元代的清珙禅师素有归隐山林之愿，偶登妙西霞雾山，惊叹其胜景，便筑草庵隐居且乐在其中。在他的《石屋山居诗》里，不仅写下了山景田园，也写出了生命的感觉、静修的禅悟：

　　茅屋青山绿水边，往来年久自相便；
　　数株红白李桃树，一片青黄菜麦田。
　　竹榻夜移听雨坐，纸窗晴启看云眠；
　　人生无似清闲好，得到清闲岂偶然。

　　虽然处于不同的时空，日本的良宽禅师似乎与清珙禅师的精神气脉相通，除外出弘法外，他平常居住在山脚下一间简陋的茅棚。良宽禅师是高僧大德，也是诗人，有诗偈俳句传世并践行终生：

　　生涯懒立身，腾腾任天真。
　　囊中三升米，炉边一束薪。
　　谁问迷悟迹，何知名利尘。
　　夜雨草庵里，双脚等闲伸。

　　良宽禅师还是书法家。他最有名的作品不是别的，就是孩童放风筝苦于风不大请他题写的"天上大风"，笔触如山风的线条，纯净而自由地掠过精神的长空，给后人留下了津津乐道的话题。

枯山水

有段时间，读日本作家的文章较多，比如谷崎润一郎、志贺直哉或者川端康成的，便能深切地体会到，哪怕是轻微琐屑的事物，经由他们的笔头，也别有一番韵致。或忧伤唯美，或简约含蓄，有的还富于禅意，即便是小说，也有点散文化，情节松散，节奏缓慢，结局也并不意外。只是读着读着，便陷入情绪的泥淖里，被网罗进蛛丝般早就编织好的细节当中，随着忧郁哀婉的基调旋律去深味世态的炎凉，咀嚼人生的况味。所以也难怪有人说，日本是散文的国度。不过，在我十来岁读第一本日本小说时，留下的印象却完全不同。那部长篇叫《波浪上的塔》，内容大致是讲一个刚入行的检察官爱上了一名有夫之妇，而他又恰好在侦查这位夫人的丈夫，为了不被丈夫利用，也为了不影响年轻检察官的前程，那位夫人最终选择了自杀，爱情的泡影随之破灭。一样都是悲剧，这本书的可读性却很强。后来我才查到，作者松本清张竟然以推理小说名世，难怪！前些天，我又捡起那本一直没耐心看下去的《金阁寺》，想不到一口气就读完。《金阁寺》是文学奇才三岛由纪夫的代表作，取材于 1950 年金阁寺被烧毁的真实事件。据说放火的和尚是因为嫉妒金阁寺的美。几年前我到日本京都游玩，原打算去一趟，临出门时又改变了主意，还是去见识一下心心念念的枯山水。

初识枯山水，真的是见山不是山，见水也不是水。只有等你理解了它以石喻山、以沙喻水、以条纹喻波的禅意和美学之后，才会见山又是山，见水又是水。枯山水不以美景愉悦人心，而是用简化、抽象的形式呈现山海和岛屿之意象，宇宙之宏阔，从而营造一种寂静、幽玄的氛围。当我们冒着春雨来到东福寺方丈庭院，站在南庭的屋檐下望向白沙坪上用巨石象征的"四岛"和白沙象征的"八海"，心一下就静下来，在感受那种简单、质朴的自然之美的同时，也向着枯淡静寂寻求"感心之物"。

枯山水的成因说起来比较复杂，它既脱胎于中国的古典园林，又投合了日本人受尽天灾人祸折磨、了悟世事无常的心理。中国禅宗思想的传入，更是为枯山水的发展提供了信仰依据和美学思想。众所周知，枯山水体现的就是禅宗的哲学，推崇"少即是多、无即是有""瞬间即永恒"等禅宗思想，追求简约与和谐、枯寂而玄妙、抽象且深邃，寄望通过静观默照以摆脱欲念的羁绊，从而抵达精神的自由之境。其实也不仅仅是枯山水，日本的茶道、陶艺、花道、文学、绘画、音乐甚至电影动漫，都无处不体现出禅意的美学来。也许有人会问，既然日本的枯山水园林与中国的禅宗思想有着深厚的渊源，那它为何成为日本独有的文化特色？有种说法可供探讨，枯山水的静观参禅源自曹洞宗的默照禅。南宋年间，日本僧人道元来华参禅，受曹洞宗禅法和法衣而归，回到日本后将其发扬光大。而在中国，曹洞宗的默照禅曾一度陷入颓势，出现了"临（临济宗）天下，曹（曹洞宗）一角"的局面，枯山水也就缺少了生长的土壤，当然这只是原因之一。

日本枯山水的形成，还在一定程度上得益于中国水墨画的影响。比如法常的作品，因讲求以禅心观万物，契合了日本文化中"幽玄""空寂"的意境追求，被游历僧人带回国后备受推崇，从而影响了东瀛美术的流变。再比如日本画家雪舟，跑到中国来参禅学画，回去后成了创造"汉画"的一代宗师。所有的这些，都多多少少给禅僧们以启迪，进而丰富了枯山水的美学形式和精神内涵。

总之一说到枯山水，我就会想到中国画的写意与留白，想到法常的《六个柿子》，八大山人笔下的鸟和鱼、花草与危石，还有意大利画家莫兰迪的那些瓶瓶罐罐。它们要不就是勾画出万物枯寂、简素、黯然、粗野而有趣的风致，要不就是以钝感的物体形态引发人们的遐思。当然，枯山水也会让我想起日本的俳句，两者更是气脉相通，既受到禅宗思想的影响，又拥有共同的美学追求。我闲时爱读读俳句，比如小林一茶那"故乡啊，挨着碰着，都是带刺的花"，让人涌起又爱又怕的乡愁。和泉式部那"雪的碗里，盛的是月光"，营造的则是一种空灵超脱的意境，美得让人心颤……

在当代，枯山水已经成为一种美学符号、一种哲学思想、一种设计理念、一种生活追求，它带着禅意友好地融入我们匆匆忙忙的日子里，影响着我们的审美趣味。可不是，有时候，我甚至觉得搁在书房里的那张古琴也是一种"枯山水"。山与水都浓缩其上，"岳山"为"山"，"琴弦"为"水"，当我拨弹琴弦，听到的仿佛是枯山水的"流水"淙淙，人便循着那"水声"走向通幽的曲径，渐远，渐淡。

风入松

　　案头有两册《嵇康集详校详注》，随手翻到《与山巨源绝交书》那篇，嵇叔夜大谈他的疏懒，"头面常一月十五日不洗"，其不愿出仕的理由颇为牵强，待读到他的《养生论》始豁然，他要的是"清虚静泰，少私寡欲"，更愿成为不受拘羁的闲云野鹤，性本如此，奈之何也？嵇康除了写得一手好文章，还会打铁，可见并非文弱之辈。嵇康还是个很有性格的帅哥，山涛，也就是山巨源怎么夸他？"嵇叔夜之为人也，岩岩若孤松之独立；其醉也，傀俄若玉山之将崩。"喝高了，更倜傥，更迷人。这还没完，人家是一位音乐家，能写乐理，能弹古琴。当然，古琴的"古"字是后世加上去的，那个年代应该叫五弦琴，后来又叫七弦琴。有首唐诗我挺喜欢的："泠泠七弦上，静听松风寒。古调虽自爱，今人多不弹。"诗人刘长卿托诗言志，一语双关，诉说着自己怀才不遇的不幸。他说这古琴曲啊，如寒风吹拂松林一般幽清美妙，只可惜现在的人已经见异思迁，不再喜欢了。

古琴还有一个名字叫"瑶琴"，是"此曲只应天上有"的意思了。嵇康不出仕也就罢了，还狠狠地撑了热情相邀的山涛，这种蔑视世俗礼法的态度，自然被当成一种政治对抗，最终受到掌权者的迫害。在刑场上，嵇康从容弹了一曲《广陵散》，然后慨然长叹："《广陵散》于今绝矣！"后世流传下来的这首曲子，是由现代古琴大师管平湖根据明代的《神奇秘谱》记录整理出来的，到底是不是原来的那一首，不得而知。

竹林七贤中还有另一位高人阮籍，虽然出仕，但险恶的政治环境常让他焦躁不安，夜不能寐，只好"起坐弹鸣琴"。这是阮步兵《咏怀八十二首》中的第一首，"薄帷鉴明月，清风吹我襟"，诗人对着月光独陈心迹，何其悲凉！史载阮步兵琴艺不俗，但他更拿手的是"啸"，其"啸"颇具穿透力。他入苏门山寻访孙登就是用"啸"来和他交流。巧的是，孙登也会弹古琴，常随身携带一张只有一根弦的琴。阮籍的音乐造诣也很深，他所写的《乐论》可媲美嵇康的《声无哀乐论》。

不过可能连他们自己都没有想到，多年之后，当我们谈论魏晋时期，首先想到的不是那些华美的篇章，而是名士们出入山林、纵酒唱和的洒脱形象，还有那种保持人格独立、峻洁崇高的精神境界。这种烈烈的文人风骨，在当时是稀缺的，在今天依然稀缺，所以才引得我们如此倾慕，肃然生敬。

松风乙未

　　有道是人各有志，一个有着健康政治生态的社会是具有较强的包容性的，也只有如此，才能将众多的文化理念汇聚于一处，和融共存、彼此激活。在那个社会动乱、思想活跃的年代，可以想象，音乐和书画一样，成为落魄文人排遣内心苦闷的出口。我由此发现，古琴所推崇的清微澹远，实际上和文人画那种清冷疏旷、超然物外的精神指向如出一辙。临川先生有诗云："欲记荒寒无善画，赖传悲壮有能琴。"荒寒韵味曾是中国古代文人独特的审美情趣，"荒寒之境"在一定程度上成为他们对包括山水画在内的文人画的至高追求，画家只有借助于高超的画技，才能通过寒林冬山、墨梅疏竹等，表现出不同的生命意绪和文化内蕴。而对着一片桐木数根弦丝的乐师，也唯有忘情弹奏，方能发出旷古之幽声。我于是敢于断定，无论画画还是弹琴，或者别的艺术样式，其终极的目标都是冀望通达"独与天地精神往来"的最高境界。

我不懂琴，倒是我太太学习过一段时间。家里的琴是托朋友从苏州找来的。我当时怎么会想起苏州？可能是读了范烟桥、陆文夫等作家的一些文章，了解到苏州文脉悠长琴道不衰，尤其是开创于四百年前的"虞山琴派"。我们的两位朋友七月和孙黎明访遍了姑苏城的琴行门店，最终帮我们带回这张黑漆朱髹的仲尼式琴。几乎每一张名琴都有一个好名字，像王世襄先生的旧藏、唐"大圣遗音"琴，宋代的"松石间意"琴，明代的"月露知音"琴，清代的"湘江秋碧"琴，等等，我家的古琴比较普通，用不着小题大做，也或者干脆就叫它"未名"琴好了。

回过头来再说说那些古代的文人，喜欢抱琴游于野，听风入松间，看水流石上，至于琴声好不好听，却在其次。说到琴声，这倒让我想起了《聊斋志异》中有个叫《宦娘》的故事，里边写到一道人为男主弹琴，"裁（才）拨动，觉和风自来；又顷之，百鸟群集，庭树为满"，蒲公可真能写！

怎么说呢？琴对于人，其实只是一种抒发情感的媒介，一种感悟万物、融入万物的手段。像陶渊明，藏的还是一张无弦琴呢，别人笑话他，他就回敬他们："但识琴中趣，何劳弦上声？"既然已经得到了古琴的深意，安顿好了自己的内心，又何必拨动琴弦多此一举呢？还有更特别的，如明代画家沈周在画中所题，"松风涧水天然调，抱得琴来不用弹"。即使要拨动的，也不是什么普通的琴弦，而是心弦。

　　写到这里我忽然想说几句题外话。差不多十年前，我参加在加拿大举办的一场中国画四人展，为了宣示来自东方绘画的主题与神韵，画展取名"风入松"，还请我父亲写了展标。风入松是词牌名，也是一首古琴曲的名字，传为嵇康所作。

似是故人来

　　在国人眼里，梅花非寻常草木所能比拟，它不仅仅是一种植物，更是传统文化的符号、精神品质的象征。古往今来多少文人墨客，爱以诗词歌赋或者别的文字形式来表达对梅花的景仰与喜爱，但真正写得好的并不多见。

　　"未须草草，赋梅花，多少骚人词客。总被西湖林处士，不肯分留风月"，稼轩先生说得比较直白，你们再写也写不过林逋的"疏影横斜水清浅，暗香浮动月黄昏"。他的话大约是对的，但并不能起到什么作用，依然有一茬一茬的文人怀着热情讴歌梅花。米芾有副对联，"雪里红梅，雪映红梅梅映雪；风中绿竹，风翻绿竹竹翻风"，我宁可相信这是一种误传，因为读来总觉得有俗气在其中。相比之下，我更喜欢王安石的那首五言绝句，"墙角数枝梅，凌寒独自开。遥知不是雪，为有暗香来"。

　　几乎每个人心中都有自己的一树梅花。对于唐代那位佚名的比丘尼来说，梅花是禅机，是哲理，"归来笑拈梅花嗅，春在枝头已十分"。佛性本具，不假外求，苦寻不得，原来就在眼前。梅花到了诗人王维的胸中，却化作浓浓的乡愁，"来日绮窗前，寒梅著花未？"。而在画家郑燮的眼里，"寒家岁末无多事，插枝梅花便过年"，春节到了，折一枝梅花插入花器，便是清供。我的朋友晋东南很喜欢当代诗人张枣的那首《镜中》，每次酒过三巡，就会站起来充满深情地吟诵他心中的"梅花"，"只要想起一生中后悔的事／梅花便落满了南山"，我的眼前于是出现了纷纷扬扬、如雪花般飘坠的花瓣，多么清冷，多么唯美，又多么痛彻肺腑。

可以说，绝大多数国画家都爱画梅，与其说是为梅写照，倒不如说是画者自况。终老于梅林之中的北宋画家仲仁，据说是墨梅画法的始创者，连元代的赵孟頫都对他钦敬不已，在墨梅题跋中称"世之论墨梅者，皆以华光为称首"。华光，就是仲仁先生到了衡州寄居的寺院，"因住华光，人以为号"。宋徽宗赵佶也画梅，现台北

180

故宫博物院就有他的一幅《腊梅山禽图》。

民间素有"老梅花，少牡丹"之说。梅花是木本植物，寿命比人类要长得多，一般可活三五百年，甚至上千年，故而多数画家喜画梅花的铁干老枝。元代的王冕却反其道而行之，写嫩枝以表梅花的清拔与动势。明代才子唐寅，不仅画过梅树环抱的书屋图，还画过"一枝清影写横斜"的折枝墨梅。说到画梅名家，当然不能落下扬州八怪中的金农。他五十始正式作画，笔下的梅花老干新枝盘曲多姿，枝繁花茂疏密有致。金冬心画梅强调"宜瘦不宜肥"，瘦处要"如鹭立寒灯，不欲为人作近玩"。他尤其喜画寒梅，只为表现一个"清"字，"清到十分寒满把，始知明月是前身"，真是明心见性，超然物外。

大画家之所以跟普通画匠不同，那是因为他首先是个具有深厚学养的文人，是个对人生、自然有着深切体验与感受的文人。这么一说，也就不难理解金冬心为何一上手便能快捷地构建起自己的艺术风格，打通各种艺术形式间的阻碍，抵达心到意亦到、笔到神亦到的境界。

潮汕平原有位生于清末的画家叫杨械，别署一树梅花馆主，擅画梅花。汕头市博物馆藏有他的一件《梅花》立轴，画的是两株粗大的老梅树，笔墨洒脱气韵不凡，右上角还题诗一首："美人遗世太无聊，轻染胭脂艳一梢。毕竟风流高格调，不随凡卉入离骚。"

说到画梅花，我便不能忘怀少时随陈显达先生学画的往事。老人画梅，先以笔蘸调淡墨，在砚边揿干些再蘸浓墨，起笔时以侧锋写梅花躯干，至枝条处转为中锋，行笔中故意留白断开以便填上花朵。也许是为了吸引我，他最先教我画红梅，用曙红点花，一时满纸红红彤彤溢出喜气。他也教我画圈梅，拿淡墨勾瓣、花心，再剔花须、点蕊头，最后点花蒂。圈梅多不着色，不过也有画家喜欢在宣纸背面的花瓣里敷上白粉，以增强它的立体效果，此法我不曾用过，总觉得多此一举。

我跟老人学画那阵子，并没有见过真正的梅花。我一直以为梅花全都长了五瓣，也真是，在所有的画册里几乎见不到重瓣的梅花。画家们是不是担心把它画成桃花或者别的什么花？我不大清楚。我当时还有另一种误解，以为梅花只有红白两色，待年纪稍长才弄明白，它还有粉色、紫色、浅绿色、黄色等。

梅花是南京和武汉的市花，也是粤地文化名城梅州的市花。梅州原叫敬州，为避宋太祖祖父赵敬之讳，当时又恰逢梅树遍地，便改名梅州。梅州距离深圳不过三四百公里，我还是弄不清楚那儿到底有没有大片的梅花可赏。潮汕平原倒是有观梅的地方，揭西西坑古寺算一处，此外还有"青梅之乡"的陆河。每年一月初梅花竞相开放，引来游人如鲫。不过让人稍感遗憾的是，平原无雪。

陈显达老人走了好多年了，我只要画画，尤其是画梅花，总会想起他。

烟云供养

近日买了本书叫《烟斗随笔》，作者是日本颇有名望的音乐家团伊玖磨，在他的几张相片里，不是叼着烟斗就是拿着烟斗，可见他对烟斗的钟爱。作家阿城似乎也是个烟斗迷，常常带着烟斗入镜。《闲话闲说》的责编杨葵在一篇文章里谈到他在北京一个小宾馆里见到阿城，言辞生动："乍一进楼道，一股浓烈的烟草味儿飘着扑过来。不是烟卷儿，是烟斗。那股子味儿在冬天，暖暖的，有小资情调中壁炉的感觉。顺着味儿就进了阿城房间。阿城正坐着，抽烟斗，嘶嘶的。"

说到烟斗，我常忆起儿时看祖父抽旱烟，竹管铜嘴，随着腮帮一鼓一瘪，烟锅里喷出了蓝白烟雾。有时我非要缠着他买零食，老烟杆转眼间变成了高高举起的"家法"，我却仍拽着他的衣角不放，因为清楚他是佯装的。

我念小学时祖父已抽起了纸烟。当地的手艺人用柑木给他做了把烟斗，烟斗上雕刻着如来将悟空诱上五指山的故事，形象生动，只是如来被刻成了弥勒佛。

参加工作后我也玩起了烟斗。此烟斗非那烟杆，此烟斗是从欧美传过来的，多为石楠木、海泡石、玉米芯所制，听说早期的材质还有陶土、烧瓷等，掌故大家唐鲁孙先生甚至还收藏过一把用煤晶做成的烟斗。

我后来时不时抽一抽烟斗，把它当成一种兴趣保留下来，完全是受了老同事吴际云的影响。际云兄是位雅士，戴眼镜，眼角溢着笑意，皮肤白皙，其言谈举止总于不经意间流露出曾为大学老师的风雅。有时候遇上知音相谈甚欢，他就会取出烟斗来抽上一斗，但见他时而将烟嘴含于口中，时而拿开，吐出朵朵白莲般的烟雾，散发出甜香好闻的气息，叫人羡慕之余不由得生出跟着玩一玩的愿望来。有一次下班后，我随他到一家烟斗专卖店去看看，店名早就忘了，只记得里面的装修精致讲究，烟斗们齐整地排列在玻璃柜里，在橘黄明亮的灯光照射下木纹清晰，色泽光润，乍一看并无太大差别，近前细究始发现其颜色、形态、材质各异，每一把都有自己的个性和风情。

还记得我坐在舒适的长沙发上，接过老板递上来、用玉米芯做成的体验斗，照着他的指导抽吸起来……见我有兴趣，际云兄就慷慨赠我一把石楠木烟斗。这是一把直斗，皮肉厚实、色彩亮丽，奇特的是斗锅的一边是鸟眼纹，一边是火焰纹。我躲在书房试抽，新手上路抽得颇为费劲，中途常常"熄火"不说，还略感头晕，完全体会不到吞云吐雾的乐趣。请教了老"斗客"才明白自己是"醉烟"了，一方面是抽得急，另一方面没有打开门窗让空气流通。随着"斗客"们的指点，再加上自己的领悟，我渐渐抽出了感觉来。

之后十天半月，我就会到烟斗店转转，看看有没有新到的、自己中意的烟斗，顺便配齐了烟丝、三用烟刀、打火机、栽绒通条等物品……记得当时去得最多的有几个店，一个开在罗湖老区委附近，一个开在东海购物广场，还有一个开在白石洲的京基百纳。或因兴之所至，我刚积累了一点烟斗知识便现炒现卖，将抽烟斗的好处灌输给几位"烟虫"朋友：抽烟斗抽的是"空烟"，即烟雾只在口腔中打转，经充分体味后全部吐出，并不吸入肺里，偶尔抽抽，对身体有着放松解乏的作用，至于拿温热的烟锅对着掌心、脸颊按摩，也是一种保健……同等重要的是人生可多得一种乐趣，广交一帮朋友……有几位华文网的朋友还真听进去了，将抽纸烟改为玩烟斗，且广发"英雄帖"，成立了烟斗俱乐部。于是乎，一有空我就和花田、钝刀、老鸟、青萍、阁楼等几位文友也是"斗客"聚在一起，抽烟斗，把玩交流各自的藏品。当然这期间免不了谈艺术聊历史，在烟雾缭绕之中恍如离开凡尘俗世，不觉间竟生出了一点禅意，而事实上禅宗的顿悟，讲的就是如何专注于切身的体味，从而达到了悟人生的境界。也只有细细去感受而不是试图阐释这个世界，我们才能真正摆脱外在一切以及自身欲望的干扰，保持心底澄明，进而放下种种执念。

近几年，"斗友"们为了各自的事业和生活，东奔西走聚少离多，而我也由于咽炎越发抽得少了。烟斗最终纯化为一种可供把玩和欣赏的物件，躺在我的案头散发出静谧的幽光，像我所收藏的那些奇石、根雕、砚台、珠串那样，让我跟现实保持着适度的距离，在入世和出世之间找到了一点悠游的空间。记得初玩烟斗时，我曾画下自己的一把烟斗并热情洋溢地题上"吾爱烟斗"。时过境迁，如今我只想另画一张，给它写上"烟云供养"四个字。

所藏烟斗十几把，心悦的也就那么三四把。但要说尤为珍爱的还是祖父留下来的那一把，虽然它最为"廉价"粗粝，不可共赏，但于我却是宝物，我常不自觉地将它放在手里摩挲，似乎它还带着祖父的余温。

静中成友

　　我不太懂香道，什么东西一旦上升到了"道"，总给人高深莫测之感，可望而不可即。我的案头虽备有一本周嘉胄的《香乘》，还有一本高濂的《遵生八笺》，但都被我当成了工具书，有需要时才翻一翻。我少时生活在乡下，浅见寡识，一直以为只有求神拜佛才会烧香。

　　鄙乡潮汕平原，自古盛行多神崇拜，民间所信奉的神灵名目繁多，大宫小庙好似一只只香炉，终年冒烟香火不息。可以说自我呱呱坠地起便能闻到这种渗透进空气里的特殊味道。因为用量大，制香的作坊比比皆是，有的生产普通线香，有的生产大龙香，高的可达六七米。

　　念书后我才慢慢懂得，"焚香"不光是民间的祭拜仪式，还是古代文人日常生活中的一种雅趣，与斗茶、插花、挂画并称怡情养性的"四般闲事"。文人们为什么要焚香呢？我想答案或许是"香令人幽"。人们想要用香在喧嚣的尘世中辟出一处幽静之所，调理心绪，洁净精神，甚至想入非非。也难怪宋人有诗云："明窗延静书，默坐消尘缘。即将无限意，寓此一炷烟。"诸葛亮在实施"空城计"时需要焚香操琴，也是同样的道理，既为了平复内心的波澜，又要以悠闲之态迷惑对手。

关于"香事"到底起始于何时，说法不一，只知道它发展于隋唐，到了宋朝达到鼎盛。也许是香道恰好契合了宋徽宗赵佶对于道家虚静淡泊的追求，在他所绘制的《文会图》《听琴图》里皆出现了香炉，而后一幅还有焚香的画面，飘动的烟缕历历可见。而出现在《清明上河图》里的"刘家上色沉檀拣香铺"则告诉了我们那个时代的情状："香事"已非皇室贵胄所独享，而是走入了寻常百姓家。

深圳每年都有茶博会，常见香道的表演，香艺师们着古典服饰斗香、打香篆，通过取香、看香、闻香等环节传播着这种古老的文化，但看客如我对香道仍是一知半解。对于香道、茶道、花道这诸多的"道"，我还是比较粗鄙地认为，要跟自己的生活密切地结合在一起，以实用为要，而不必过于强调繁复和精美的形式。当觉得心有所扰，又或者无所事事，我就会点上一根香，或一盘香，像渴了就喝点水那样自然，于一呼一吸之中与之亲近，寻得自在，这倒是多少应了黄庭坚在《香十德》中所说的"静中成友"。闻香虽属味觉，实可养心，可贵为至交。至于像丰子恺先生所说的"静看炉烟，可助思想"，那却不是人人都能做到的，若果真如此，只能算作意外的收获。

　　我眼下常用的有两只香炉，一只是圈足狮耳老铜炉，造型简洁大方，为珊瑚堂主人所馈赠。它长年摆在客厅茶座，用于焚燃线香。另一只是力士举鼎熏香铜炉，置于书案之上，塔香、盘香和香粉皆可用。我对香没有什么特别的要求，一些是朋友往来时送的，一些是自己偶得的。个人以为沉香的气味比较温和内敛，又有些飘忽不定，香体烧尽后仍有余味久久不散，能够让我静下来。明代陈继儒在《小窗幽记》里就提到了沉香："净扫一室，用博山炉爇沉水香，香烟缕缕，直透心窍，最令人精神凝聚。"与深圳毗邻的东莞曾盛产莞香，是沉香中的珍品，屈大均的《广东新语》就专辟一节写它。据说莞香香气甜蜜清幽，芬芳宜人，且发香的时间较长。我曾去过东莞多次，皆因行色匆匆，无缘到寮步镇牙香街这个古代最著名的香市旧址去看看，顺便捎点女儿香回来。

　　至于檀香，我倒是喜欢它的浓郁奔放，尤其是老山檀的气味，醇浓厚重，古韵悠远。檀香的妙处，是能让人感觉"远"起来。深夜点一根老山檀，如入山中古寺，深幽而又静穆，可排除各种私心杂念，东坡居士所言的"无事此静坐，一日是两日"正是此种感觉。

　　不管是哪种香，除了可以养神养心，听说还能治疗身体上的一些疾病，古人还曾用香来对付过疫病。不过最让我感兴趣的还是东坡居士独创的那一帖香方，相传他花了七年的时间收集梅蕊上的雪水，用作香引子。这款香叫"雪中春信"，到底是文学大家，连名字都起得如此诗意。

　　说了这么多，对于香道我依然不得要领。倘若要我坦白焚香的好处，那就像是结交了个新朋友，给生活带来更多的乐趣。

春水回环

我父亲所收藏的奇石，是一些天然形成、奇形怪状的石头，它们是大自然鬼斧神工的佳作。赏石主要是欣赏石头的材质、造型、色彩以及花纹等。奇石种类繁多，其中也包括未经过分雕琢的玉的原石。其实奇石也是允许稍作加工的，只要不去改变它整体的结构和形态就好，否则平时展示在我们面前的，就不是清清爽爽、干干净净的太湖山子或者灵璧山子，而是"石农"们刚从水里山上采挖出来、含污纳垢的粗糙石块。"石农"很辛苦，种瓜往往未必得瓜，因而一旦寻得精品，出价自然高得离谱。外界流传着"三年不开张，开张吃三年"这句话，不是完全没有根据的。我父亲收藏的目标并非玉石，不过也随缘，偶尔遇到合"心水"的又价格公道，也会收进来。我少时随他上山下河，辗转于各地石市，对奇石可以说略知一二，而对于玉器则一窍不通。

参加工作后我有幸认识了一位朋友，他一边上班一边玩翡翠，一到长假就往云南跑。翡翠产自缅甸，明朝时被马帮带入我国。他几乎将所有的积蓄都拿来买毛料原石，把家里的床底下堆得满满的。那时候，罗湖水贝玉石批发市场已经初具规模，外围涌现出不少玉器加工作坊，他就在那里认识了一个"揭阳工"。在潮汕平原中部的揭阳市，有座村庄叫阳美村，玉石加工工艺非常了得，素有"天下玉，揭阳工"之美誉。一有空，他就拿着玉料去找人家帮忙加工。为了容易脱手，只好将毛料化整为零，再把切割好的玉片雕琢成观音或佛公的玉牌吊坠。他托人在商场试售，没想到销路竟然不错，后来就干脆辞了职，一门心思去干这一行。正是得益于这位朋友的传授，我才知道种、水、色、工决定了一件翡翠玉器的价值和价格。种水指翡翠晶体颗粒大小与透明度，是衡量玉石品质的重要标准。治玉的工艺自不必说，至于颜色，绿要满，越妖艳越贵重。每次见面，他总会掏出一些新的玉器供我观摩，教我如何区分玻璃种、冰种、糯种和豆种。他还大方地送我一块拳头大的毛料，上面开了个小窗口，行内叫"开门子"，见得到里边的绿。

除了翡翠，和田玉也颇受现代人的欢迎。"温润如玉"中的"玉"，我一直固执地认为，它指的就是和田玉一类的软玉。和田玉以体如凝脂、质厚油润而著称，和田玉的最高级别是羊脂白玉。十多二十年前，我们两口子到新疆旅行，想买点和田玉回去，又知道玉石市场的水很深，没有熟人指点根本就不敢下手，于是求助在乌鲁木齐经商的老同学张春雨，很快就被领到一家国营玉石商店去。这下我们放心了，给父亲买了一个羊脂白玉手把件，看上去又油又白精光内蕴，玉工还巧妙地将玉上的糖色雕刻成搭在蟾蜍身上的钱串子，这种"俏色"雕法使白玉更显古朴，也更具有大自然的韵味。我们又给母亲买了一个碧玉手镯，给女儿买了个吊坠，上面刻着一只胖脚丫和一只蜘蛛，寓意着"知足常乐"。我母亲嫌戴玉镯累赘，只有在过年过节时才拿出来"显摆"一下。玉镯也好，珍珠项链也罢，我总觉得姑娘们戴了容易老气，要戴最好等到中年以后，多了一点富态，方能相得益彰。

　　好像是，没有哪个民族像我们这么喜欢玉石，都爱到骨子里去了。我国的玉文化起源于新石器时代，经过漫长的积淀、演变，在政治、经济、宗教等各个领域中形成了独具特色的崇玉、佩玉、赏玉的审美文化。在古代，皇帝用玉玺，官员拿玉圭、束玉带。到了两宋，经济繁荣，物阜民丰，玉文化从庙堂走向民间，花样百出，玉器多了些世俗的气息和生活的情趣，富裕点的家庭，略略都能搜出几品来，或玉簪或手镯，或岫岩或和田。到了明清，玉石的玩家越来越多。玩高古玉的藏家讲究盘玉，以此陶冶心性，甚至视作人生修行。经过长时间的抚弄盘玩，加速了古玉的熟化，由里而外地焕发出更加温润的光泽和迷人的神采。与高古玉比，新玉盘得少些，多是通过随身佩戴，"体贴入微"以达到"人玉一体"。都说玉是有生命的，或者有灵性的，什么叫"人玉一体"？最典型的要数《红楼梦》里那枚"通灵宝玉"，贾宝玉的"命根子"！

常有人问，为什么西方人喜欢宝石而中国人喜欢玉石？我个人的理解是西方人彰显个性，追求惊艳的美，而中国人素来鄙视浮光耀眼的奢华，更喜欢质朴内敛的美，那种美一如古玉的沁色，要历经水或矿物质长久的自然作用方能达成。也难怪先贤认为，君子比德于玉，温润而泽。

玩玉是一种趣味，这里面有美也有善。玩玉又是一种致敬雅致生活的态度，更是一种文化的传承。就像房子是拿来住的一样，玉器也是拿来玩赏的。如果蓄玉只是为了炒作、升值，玉器之美便不可复得，反过来要是让它自然而又长久地附着于人心，成为情感的载体，那么就算材质粗些、造型丑点，我们一样会将它视若珍宝。记得初迁新居，父亲送给我一方抛光过的普通玉料，两拃长，一拃多高，质地并不好，开出来做不成什么好器件，不过它也自有特别之处，石头里边那些天然的半透明矿物晶体状若珠泡，一串串一簇簇，整体好像碧波荡漾溅沫飞花，可当奇石中的"画面石"欣赏。《春水回环》，这是父亲给它起的名字，真是再妙不过！

无上清凉

敝乡工夫茶很出名，以至于许多人认为我懂茶。潮汕平原几乎家家备有茶具，稍有闲暇便加紧起火烹茶。有些小茶座设至门前屋后，桥边河畔，几个人呼噜噜喝得一片喧腾火热，引得路人茶瘾发作，撸起袖子探出手来端起小盅一啜到底，再满足地叹息一声道谢离去。冬日里地冻天寒，乡人更是以"哈茶"为乐事。

人人爱喝茶，喝出不同味。茶的奇妙之处即在于很难用言语描述，只能是"心知肚明"。据说《红楼梦》中提到茶的有两百多处。"倦绣佳人幽梦长，金笼鹦鹉唤茶汤"，连鹦鹉都能够学舌，可知茶乃日常必备之物。"宝鼎茶闲烟尚绿，幽窗棋罢指犹凉"，烟气还未散尽，已经是人走茶凉，由此可以推知万物盛衰转换之道。

我小时随大人一杯接一杯地喝着浓酽的工夫茶，居然可以蒙头大睡。其时乡间有顺口溜："红金飞马大前门，乌龙色种一枝春。"前一句说的是好烟，后一句说的是好茶。我喜欢"一枝春"这样美好的名字，只可惜早已忘了它的味道。

我向来对喝茶没有专门的讲究，绿茶、红茶、花茶、乌龙茶、普洱茶都喝，一为解渴二为提神，仅此而已。我从前爱喝铁观音，后来市面所卖的铁观音香得令人生疑，便不再喝了。我不怎么喜欢喝红茶，主要觉得其味道甜熟、口感"呆滞"，还不如泡一大杯绿茶，看着叶子生机勃勃地舒展来得惬意。有位西南的朋友给我寄来小叶苦丁茶，说是某某大人物最爱喝这种"青山绿水"，我倒是觉得如喝凉茶。

也有人以为茶叶过于清淡而发明了水果茶，近两年所风行的小青柑当属此类，其做法是将橘子整颗掏空后再填入普洱茶晒干，喝起来茶味里自然带了一丝柑橘的清香。不过对于"老茶客"而言，水果茶简直就像往猫屎咖啡里加上糖和奶，糟蹋了原来独有的风味。我太太爱喝咖啡远胜于喝茶，有一年到大理，亭子领着我们去如是咖啡馆，喝由小白调出、全大理最棒的手冲咖啡。我太太赞不绝口，我却食而不知其味，总觉得还不如在本真兄的"家里"喝那压箱底的"六堡茶"来得淋漓酣畅。知堂老人曾在文章里头谈到奶酪与茶，说人性各有所近，我想自己也是"稍喜草木之类"的。

说到喝茶的乐趣，有人认为恰恰是从烦琐的烹茶过程中慢慢培养出来的。我是个懒人，说好听点叫崇尚简约的生活，平日里一个人待在书房，只管大杯大杯牛饮，唯有友人来访时方正儿八经地坐在客厅的茶座前，拿紫砂壶泡起工夫茶，杯子已不再是潮州枫溪所产的那种纸薄的小白盅，而是几年前从台湾带回的花纹妍丽的斗笠杯。

近年来我偏好岩茶。有友人在武夷山种茶制茶，他家的"古岩香"中我尤喜大红袍与肉桂二品，入口顺滑而韵味悠长。那一年国庆前夕，同窗好友陈纯从"不知春斋"得到一点失传已久的岩茶"铁罗汉"，寄来与我分享，并发来微信："路逢剑客须呈剑，不是诗人莫献诗，对境当机，识之为上。"陈纯工作之余研国学修佛法，视人生为修行。我常想，这样知心的三言两语，若是拿毛笔写在印有浅淡图案的笺纸上，拆开来必是古风扑面，令人仿佛回到布衣长衫的年代。

喝铁罗汉，如抿一口香气，清清的淡淡的，让人的心随之静下来。转念一想，人生何尝不是如此？越高的境界越是风轻云淡，无上清凉。

乡村书家

　　在过去的乡村，有文墨的人并不多见，能写得一手好字的更在少数，他们被乡亲们尊为"先生"，其实多是些落魄的小文人，肩不能挑手不能提，只能在街头巷口摆一红纸裹着的桌子，外加一块能够挡住行人视线以防书写内容泄露的挡板，替人写信。信里写了什么？不外乎家中近况，有何需求或者番批已经收悉云云，然后经由水客辗转交到南洋彼岸亲人的手中。若是春节临近，先生们就会将小笔换成大笔，写起对联。

　　年关的桃符春联确是一笔生意，先生们大多将摊子设在圩集的某个角落，不嫌挤也不嫌闹，像把自己关进一个密闭的玻璃罩里，自顾自地蘸墨运笔，写了上联写下联，再写横批，凑成完整的一副，这才拿起来夹在早就拉好的一根长绳上，有时没干的墨汁会顺势流下，给那些或饱满或枯瘦的大字增添一丝野气活气。

　　书写的先生有时会站在一边，嘴里叼着自卷的纸烟，眯缝着眼拉开距离看一看，仿佛有个尺度标在什么地方，虽看不见摸不着，却是存在的。他会摇摇头表示不满意，或者松了口气觉得还是过得去，甚至露出陶然自得的样子。其实就算写得马虎点，也没有什么要紧的，至少买的人看不出来。可先生们对自己的要求却往往近乎苛刻，这种苛刻用不着谁来督促，它是打从进私塾的那天起就被老师严厉地叱喝和戒尺一下一下地抽击逐渐养成习惯的。私塾先生用了最笨拙的办法却收到明显的效果，这实在让人有点说不明白。

我刚才说过，那些乡人大多看不懂书体、结构、章法，更理解不了那一笔一画所言说的内涵，也就是时时被先生们挂在嘴边的风骨呀气韵呀精神呀什么的。乡人只看得见先生们像练拳脚那样拉开架势，双脚如树根般牢牢扎向地面，左手扶案按纸，右手握笔饱蘸墨汁，悬腕挥动，那力量仿佛从腰间发出，如一道气儿沿着脊背直贯双肩，再由肩带动胳膊送至手腕，送至笔尖，一按一提，一横一竖，大字像黑色的花朵在笔尖底下湿淋淋地生长、绽放。而与先生们有关的传说也在远远近近的村庄流传，光"握笔"的故事就让人咋舌。

话说有一莽汉，对某老先生"握笔如生根"的理论很不服气，有一次趁其聚精会神书写从背后突袭，拔他手里的笔管，结果当然没有什么意外，笔管如一根指头仍然好好地长在某先生手上。念书后我始发现，这个传说要不是"二王"故事的翻版，要不就是纯属巧合。

由此可见，先生们书写的场面带给乡人的震撼，实际上已经超过作品本身，它图腾般地引发了人们模糊、零碎的倾慕、向往甚至秘而不宣的膜拜。有时我觉得先生们的现场书写本身就是一场行为艺术，它借助乡村这个疏离于外部世界、相对独立且简陋的舞台，释放出传统书法不与俗流的孤芳独赏。先生们深知，越是与普通民众保持距离与落差，就越能引发他们的热情仰望和持续关注，将艺术表现力和审美的话语权紧紧地抓在自己的手里。正因如此，卖春联不同于别的买卖，它是用不着吆喝，用不着讨好的，谁要是相中哪一副请自行取下，恭敬地放点润笔费便可拿走。这些春联不是先生们自撰的佳句，就是带些喜气的吉祥话语。也有生活宽裕的人家，觉得春联毕竟代表了自家的门脸，马虎不得，干脆将先生请到家里，洗脸、净手，敬上好茶，这才告诉他有哪几个房间须配春联。先生研好了墨，铺开裁好的红纸，略一沉吟便是一阵龙飞凤舞，那种蓬勃滋长的自信有时会化作一股新鲜活力涌进笔管里，使作品散发出更为原始的野性和芜杂的气息，令人眼前一亮。厨房的春联，他写的是"寻常无异味；鲜洁即家珍"，书房写的是"安得闲门常对月；更思筑室为藏书"，卧室则写上"执子手兮与子偕；鸾凤栖兮琴瑟和"。贴大门口的对联更是含糊不得，一般喜欢写上"春暖风和日丽；第丰物阜民欢"之类的句子，也有老先生为了显出高人一筹，借用"莫放春秋佳日过；最难风雨故人来"这样的名联。

可以说对于乡间孩子的传统文化启蒙，对联功不可没。我的识字正是从念对联开始的，小时候在巷子里奔来跑去，总会被那些红艳艳乌油油的条幅所吸引，就央大人念给我听，再跟着大声模仿，似懂非懂，或者不懂装懂。"平安二字值千金；和顺一门添百福"，又或者"天增岁月人增寿；春满乾坤福满堂"，这后一副对联，据说是我的乡人、明代状元林大钦的佳对。

潮汕人大多信神，小时候我也常随大人们到各式各样、大大小小的寺庙里，见识到当地一代又一代的书家所留下的墨宝。像建于莲花山麓的莲花古寺，山门内两侧分别书有"福""寿"的巨幅墨字，相传为明代书法家吴殿邦的手笔。又如我老家附近的天后宫，据说望海楼前曾挂着清朝重臣刘墉亲手所题的"海国安澜"的匾额，只可惜不知哪儿去了，倒是有副对联被我牢牢记住，"五更先挹曙；六月已知秋"，用楼阁的凉爽来衬托它的嵯峨，其意境真的是好。

我在老家有位忘年交，他从七八岁就开始练习书法，整整练了七十多年。我见过他给他的侄子也就是我的同学写过一副对联："松涛在耳声弥静；山月照人清不寒。"我同学的名字就叫"松涛"。多年以后我才知道这对联出自《集怀仁圣教序》。好些年前，我回家一趟，这位八十多岁高龄的老先生送我一副对联："画意诗情景无尽；春风秋月趣常殊。"其一笔一画稳健圆润，火气尽敛，整体呈简静、和雅之气，教人一眼便能明白老先生那一代书家的学养修为。

我父母住在老家一幢独院小楼，大门上方挂着一方匾额，上面的两个泥金大字为我父亲所书。我父亲从小被过继给他的伯父当儿子。老伯父名梓城，年轻时闯荡南洋，后返故里，对待我们一家恩重如山。父亲说"怀梓"二字就是怀念他老人家。长大后我又觉出另一层的意思，父亲是不是早就料到，有朝一日我会远离故土，生怕"年深外境犹吾境，日久他乡即故乡"，于是用这两个大字时时提醒我根在何处。小院大门的两侧也年年贴着同一副春联："怀堂膺厚福；梓里乐长春"。

这两年我返回故里，发现有越来越多的手写春联被印刷春联所替代，这当然与电脑普及有关，也与社会过度商业化有关。也许有人会说，手写的春联经过风吹日晒，容易褪色，可是说心里话，我宁愿贴乡村书家所写的春联，看着它变旧变淡，也不要那些银行、储蓄所赠送的挺括鲜亮的印刷品，就像我不喜欢那些丝绒或塑料做成的假花，尽管它们长开不败。

第四辑　跃跃纸上

阁楼上有三只跳跃的猫

　　王祥夫先生若是专力于绘事而非文学创作，那他在绘事上的成就，也会同他在文学上的光芒一样闪耀。我与先生结缘于虚拟的网络上，却实实在在地交往于现实之中。他来过深圳，我也去过大同。2013年初冬，他邀我参加他召集的"王府"雅集，此行还有天南地北的几位画家、作家朋友。那是晋北大同的一套大房子，楼上楼下两层，有养着花草种着瓜果的大露台，也难怪先生有个印章刻着"阳台农民"。先生的家，一切都似曾相识：楼上楼下的书架堆满了书，墙上挂着当代名家字画，如冯其庸、杨春华、于水诸先生，大多与他过从甚密，书架上摆着瓷器古董。偌大的家，全由他一人（他的太太和女儿一家都在北京）拾掇，井然有序，博古架、器皿、椅桌……到处洋溢着质感的温润，又洁净又安详。先生的书房兼作画室，类似阁楼，头顶有斜穿的水泥横梁，墙上挂着一张古琴，简单的电脑台、两三把凳子，画案长不过两米，上边放着枣红的笔洗、玉器手玩、喝茶的玻璃杯、臂搁镇纸、印泥墨砚，墨砚是半边的汉砖砚，一大把用过、掉了毛秃了头的毛笔，午后的阳光从楼顶的天窗暖暖洒下，落在画案上那七八个柑橘上。不知为什么，让我想起先生名篇《何时与先生一起看山》中那"五枚朱红的柿子"。

纸笔现成，残砚宿墨，一圈人攒着，先生拈起一管掉了毛的狼毫笔，往清水里一过，在笔洗边上抿干水分，挑一小点油膏样的墨为大家示范草虫花卉。先生用墨用色极简，生怕浪费了一样，纸也是极薄的宣纸。他画得很慢，好像在冰面上小心行走，其实他对笔墨早就熟稔于胸，毛笔经他手里一掂便知吃进多少水墨，画出的是什么样的浓淡。先生性虽放达，却临事不苟，即使是戏笔也对自己有着极高的要求。那些花花草草，像从他的那双妙手之下生长出来，被风斜吹着微微颤动，那些草虫仿佛一不留神就会蹦出纸外。先生学养深厚，一出手自然不同凡响，其表现更不能不说神勇，一口气画下四五幅方搁笔。每幅小品皆工写结合，简劲而凝重，韵高且格奇，出新意而又与古意无不契合，难怪他每幅画还未完成，朋友们便于惊叹声中争先拽住纸角欲将之据为己有。

到了晚上，大家吃饭、喝酒、谈笑。先生还保留着老式的礼貌，举止细致周到，暖透人心。与他在一起，常常能在瞬间感到一种近乎古风又近乎诗意的真实。先生说话又是风趣而精辟的，有时故意开个玩笑，看着对方的反应哈哈大笑。而一旦喝起酒来，他却是豪气干云，大快人心。

饭后我们又回到王府，轮番作画，互相点评，气氛热烈而又融洽。先生亲自煮水泡茶，楼上楼下穿行忙乎，我要上前帮忙，却被他以不熟悉东西放哪儿为由加以阻止，我知道他是想让我多看看别人如何作画。到了十点，他打着呵欠说要休息了，朋友们只好意犹未尽地告辞回宾馆，只有我留下来住在他家。他门一关竟然精神抖擞，对我露出了孩子捉弄人时才有的那种喜不自禁的神情，说静下来了，咱们正好画画儿。

我们边画画边聊天。我与先生一见如故，轻易便深谈下去。他会问一些试探性但极其有趣的问题，让你觉得他有些狡猾又有些可爱。与他谈话，也自然地流露出他的博学。即使在谈论文学绘画的问题上，也与时下那种一本正经的鉴赏、大张旗鼓的宣扬大相径庭，他把道理建立在时而轻松玩笑、时而深入浅出的叙述中。读先生的散文，其文字也从不媚人或自炫，静水流深。先生讲得最动感情的，是他的母亲、他的老师，每个人如何缘聚又怎么分手，没有什么惊心的故事，细节却往往令人动容。他的小说也是如此，简朴而不简单。最近这几年他开始在作品中引入了困扰、不适和内心深处的不安，并将其发展成一种情绪小说，呈现被观察被提炼过的情感的现实真相；有时连情节也不再放在眼里，完全是最直接的原始直白，攫取现实中人物情感的千姿百态，并在刹那间痛快淋漓地释放出来。这种张弛与开合，非一般作家所能把控。他说自己最喜欢观察"人"，从举动开始再逐步探究其内心，碰触其神经，这个过程抽丝剥茧，乐趣无穷。他也喜欢挑战，不喜拘于单一风格，常常破矩破规，不落俗套。这是一种炫目而又危险的做法，但他却乐在其中，而且表现得无法无天。读他的小说，我总无法忽视他写作时那份抑制下更加强烈的情感，以及对"人"那种深情的凝视。先生明白，人的一生毕竟无法圆满，他自知深陷其中，所以常以微笑面对生活。《半截儿》《真是心乱如麻》甚至《归来》等名篇，我读后总能看到他积淀于里面的生活的痕迹，还有那淡淡的忧伤，如燃烧的木柴仍有星星点点的余烬飘浮于眼前。

夜深将息，先生把我领到客房，我俩各自钻进一个睡袋，只露出了个脑袋继续说话。我已经记不清当时我们又聊了些什么，应该是什么都有吧，好像是到了天快亮时方沉沉睡去。中途我醒来一回，感觉到床尾有什么东西在动，也没在意。第二天醒来，我听到楼下有唰唰唰的声音，先生不知何时起床，一个人在楼下做着卫生，见我下楼即递上一杯热茶，笑着告诉我，昨晚

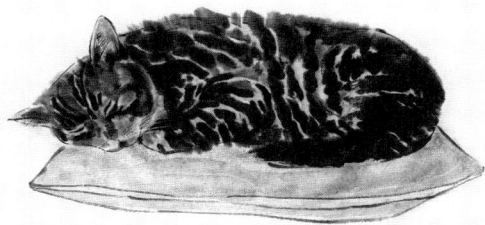

有猫压在他的身上，压得他腰酸腿痛。王府蓄有三猫，一暹罗，一美丽虎斑，一黑幽灵，皆有十多斤重。先生独居大同而不寂寞，全仗三猫陪伴护卫。先生一向睡眠不好，我想说你怎么不把它们赶下去，终于还是没有说出来。

在大同相聚的几天里，先生总会顺手塞给我一些物件，不是青金石无事牌、玛瑙手钏就是天珠。在我回深圳时，他又搜出两张自己的得意之作塞到我手上，由于衬过底只能卷起来，结果被作家徐永兄发现，硬要夺去。先生表情认真地说："这是我托阿宇送到深圳买家那儿的。"待徐永兄一转身他即透过那圆圆镜片朝我飞快地眨眼，嘴巴咧开就差笑出声来。那两幅画儿，一幅画着大菊花红蜻蜓，一幅画着葫芦瓜绿蚂蚱。回家后我将它们装上红木镜框挂于书房壁上，写文章累了，一抬起头，便可看到那两朵碗大的菊花，一红一白，那肥厚叶儿掩藏不住的葫芦瓜，灿然夺目。那两只高飞低跳的小精灵，则让我端坐凝神，如聆天籁。

到"味经书房"食茶

每次还乡，我必得去找陈宏生先生食茶。

潮汕人爱喝工夫茶，面前摆一只冲罐三只小盅，围坐在一起轮流啜饮，一时火红汤沸，茶稠色重，入口后则苦尽甘来。

算起来，宏生叔应该是我的父辈，他跟我父母亲是同学。宏生叔个子高，背微驼，走路很快，眼里有光，其言谈举止，既博学知服，又慎静尚宽，是一派老辈文人的风貌。他谦称"阿老"，乡里人却十分敬重他，不仅因为他父亲是潮汕大名医，而自己又承接父业成为救死扶伤的医师，更因为他是个有风骨、有才情更有真性情的文化人。而在我眼里，他身上还有一些神秘的东西，更像是一位埋名深山的高人。小时候我有点怕他，总觉得他神情肃然，给人不易亲近之感，长大后始明白，在那个特殊的年代，他因家庭成分受到波及，中断了学业，被下放到更偏远的农村，年纪轻轻就要经受人生现实的折磨，但我并不觉得他被驯服了，而是让他想得更深，感受得更细，也看得更透。像他这种淡泊的风骨、能屈能伸的品性，孤寂或者贫穷并不能难倒他，只有在自己或别人的尊严受到践踏时才变得不可容忍，这是他的一条底线。所以他为人处世，看似谦恭谨慎，实则心中藏着傲骨。在各种交往中，他似乎十分在意人与人之间的平等性，对于出身卑微的人，他热情周到，倾囊相助，对于强势压人者，还有那些得意小人，则做冷眼旁观状，绝不和稀泥。

我父亲有两位朋友，一位是陈宏生，一位是卢继定，皆为写文章的好手。在我念小学时，只要看到报纸上有继定伯的小说，父亲就会把它带回来给我学习，但真正对我有影响的却是宏生叔。他的代表作《牛墟人物赋》让我读后倒抽一口凉气，我的天哪，这里边的人物不都是些"厝边头尾（邻居）"吗？一个个活蹦乱跳，像面对面哈出热气跟你打着招呼。小说还是要写自己最熟悉的，我于是动了心思，一口气写下三个短篇，放在一起取名《潮人三叹》。小说在《潮声》杂志发表后反响不错，可能是风格较为接近，竟有师友误以为"厚圃"是陈宏生的笔名。在《牛墟人物赋》获得了"伟南文学奖"的最高奖后，宏生叔决定趁热打铁，写四十个短篇，将他所熟悉的乡人一一请进他的小说里，形成一个塑造潮汕人物群像的系列。可惜由于眼疾，后来只完成了一半。他改为写小品文，每篇不过千言，却呈现出他对这个时代这个社会的观察、思考、批判和坚持。大概是经历了浮沉荣辱，又到了一定的年纪，他对名利已无所求，因此更能笃定、清醒地看待周边的事物，正所谓"爱之深恨之切"，既提出了深刻的批评，又寄托了遥深的寓意。宏生叔善用药石，或许在这里用上"针砭时弊"更加恰当！他将这一系列的小品文取名《味经闲话》。"味经"二字，源自他家祖屋的书斋名，也不知道跟清代的味经学派有没有关系。总之，我喜欢这两个字，甚至自作主张地认为，他那藏书甚富的住所就应该叫"味经书房"。

早在很久以前，我就撺掇宏生叔出书，好让更多的读者来共享这些美妙的文字和精深的思想，他总是谦虚地推托，说挑不出几篇像样的。好像是到了前年，才勉强自印了薄薄两册，一册叫《盛世小民》，是小说集；另一册叫《味经闲话》，是随笔集。印数都很少，像派请帖那样亲手送给身边的一些朋友。

可以说是文学拉近了我与宏生叔的距离，而两个人性情与兴趣的投合，更深化了这种忘年交的情谊。有一段时期，我回乡比较频繁，常去叨扰他，喝他家最好的乌龙茶，吃他夫人细心准备的小食，用井水洗过的瓜果……

那是一幢重建于20世纪40年代的水洗石建筑，西式风格，气势雄伟，鹤立于众多低矮的中式民居中间。彩瓷地板砖、墙砖、巨大的窗户以及其他装饰物，点缀着这幢包括了天井、花园在内的双层楼房，再加上老式吊灯、红木桌椅、镜子、书橱、字画、根雕、瓶花等家具摆设，既显古朴典雅，又无处不弥漫着浓郁的异国情调。我只要跨进这落大宅的门，一种清新、雅洁的气息便扑面而来，神经顿然松弛下来。坐在浮动着淡淡花香的会客厅里，由于楼层高窗户大，室内光线明亮，心情更加舒畅，再喝着宏生叔冲泡的茶汤，瞬间忘却了缠身的俗务与烦恼，那真是极好的享受。我已记不起我俩第一次长谈的时间了，初时肯定会有些局促，但很快就能感受到他的随和与诚恳，有时甚至直率得很有意思，屋里时不时爆发出一阵我那没规没矩的笑声。要是有我太太在场，宏生叔和金英姨两口子就会将潮汕话转化为普通话，竟也说得十分流利。得知我太太爱喝咖啡，宏生叔马上拿出他从国外带回来的正宗蓝山咖啡，为她冲上一杯，其细心周全，让人如沐春风。

我们一开始是聊读书，聊文学创作，慢慢地就将话题转向更加广阔的社会和更有温度的现实。年轻时我难免有些自大，情不自禁地去批评这个鄙薄那个，宏生叔总是笑眯眯地、带着宽容的表情耐心地听着，适时给予我善意的提醒，这种毫无掩饰的坦诚，还有亲密无间的态度着实令人感动……奈何时光飞逝，每次见面最终都不得不于匆促中收场，改用近代诗僧释敬安的诗句叫"闲谈不知天已暮，忽惊身在明月中"。

还有好几回，我与当地作家们的聚会也安排在宏生叔的家中，通常是谈上大半天，再一顿大吃。找饭馆，订房订座，都劳他费心，最后他还悄悄地买了单。有一次他干脆设家宴招待我们，好几天前，两口子就做了周密的安排。那些菜肴看似家常，实则味鲜料足，加之用心烹饪，让人胃口大开，而酒水也准备多种，任由大家取用，其间觥筹交错，其乐融融。我当时就在想，倘若有一天，潮汕文学或者我们中的某些人能够走出去，"味经书房"主人的贡献应当狠狠记上一笔！

怎么说呢？一个人已经啜饮过时代酿造的苦酒，那么再寡淡的滋味，对他来说也是甚至甜的，更何况宏生叔胸襟开阔，又能够紧跟时代的步伐，吸纳来自海内外的时尚风气。宏生叔热爱旅行，已经把自己想去的国家或地区都走了一遍，真正地做到"读万卷书，行万里路"。他的公子在城里发展，而他却依然守护着这落旧了的大宅和四季繁盛的花花草草，我想他是出于对乡里的熟悉和热爱，也出于拥有那种宁静以致远、超然于物外的良好心态。他平时读书、创作、会友、远足、收藏、品茶、观花，为可爱的孙子孙女拍照，偶尔发发朋友圈，一步不落地更新他的精神生活。他总说身体这部老机器这有问题那有问题，我却觉得他的精神头越来越足，正进入人生的佳境。

跃跃纸上

  其实我是通过跃子兄的作品来"提前"认识他的。记得多年以前，有次我回乡探亲，在父亲的书房见到他的散文集《渔家客宴》，扉页上写着请我父亲雅正云云，字迹清雅，下面还钤有一方姓名章。后来我又读到他的另一部散文集《尘香》。他的散文写得颇好，以学养情趣品位做底，托出自己的一番洞见，坚持什么反对什么，内蕴丰富，叙事说理抒情一应俱全，文气、雅气也在其中。几乎每篇文章，都是用朴实甚至可以说是传统的手法慢慢炮制，并不以五花八门的形式去迷人眼，自始至终浸透着自己的真性情，当然这需要读者慢慢地进行一番咀嚼才能品出真味儿。尤其打动我的，是他对家乡发自肺腑的依恋和热爱，还有对大自然的崇敬与虔诚。他爱家乡的一草一木，它们的枯荣每每牵动于心，真情实意不觉浸润笔尖，流淌出来便凝成了《崇拜家园》《鼓点声里的竞舟人》《我在美丽的澄海》这样的篇章。

  文如其人，我由此主观地得出陈跃子的第一印象，一

214

介书生，两眼有神，身形消瘦，玄色布衣……这种印象既源于文章里溢出的书卷气，还有那些掌故逸事所弥散的家乡泥土味儿。在那篇《家家都挂红灯笼》中，他谈到祖父读一肚子书练一手好字，最终把这功夫用在灯笼上，则再次印证了我对于他家学渊源的猜测。

我想陈跃子的文字之所以能引我共鸣，可能源于同一家乡，"君自故乡来，应知故乡事"，毕竟对于每位游子来说，思乡之情永远都是一件无法甩掉、只能携带终身的行李。也可能由于我们同样成长于一个书香家庭，对人生最深切的悲欢甘苦体验具有一定的相似性。有时候我甚至觉得，自己关于乡土题材的创作，与陈跃子可以说是同一源泉的河流，或者同一河流上的不同船只。

2009 年，广东省作协与鲁迅文学院合办的长篇小说培训班在深圳举行，我算是见到了本尊。他和我的主观想象有几分神似，外表俊朗，性格温蔼，待人接物不卑不亢。至于处世之道，他又总能把握肯綮，在复杂的人际关系中自由来去。这一次我和陈跃子成了"同学"，而且还是室友。听课之余，他就会摆上从家乡带来的工夫茶具，熟练地冲起大红袍。经过十几天的相处，我才知道陈跃子以前曾在博物馆待过 8 年，不仅深谙考古收藏，更披阅了大量的潮汕文献史籍。他虽政务缠身，其精神却常常漫游于俗世之外。他的学问很杂，除了从事小说散文创作之外，对诗词歌赋、书法民俗也都有着广博的兴趣，这也难怪他的作品有如此好的表现。

在参加培训的每个晚上，我们总要谈至半夜一两点才肯作罢。那时候他告诉我正在创作一部长篇小说，手头已经积累了十几万字的资料。之前我曾拜读过他的一些小说，特别是中篇小说《女人是岸》，语言明丽灵巧，内容亲切有味，另挟带着大海的灵光宝气还有独特奔放的气息，皆给我留下较深的印象。再加之他是个沉得住气又藏得住东西的人，在创作上不急于大火烧开，而安于文火炖透，我想此事必能做成。

两年之后，陈跃子的长篇小说《针路图》果真问世，洋洋洒洒数十万字，铺陈叠叙、机锋暗藏，一如墨蓝厚重的海水掀起狂澜惊涛，而其中又埋伏了不少暗礁巉岩，让读者惊心。这又是一轴自清末至民国以来潮汕平原的历史画卷，色彩瑰丽，特别是作者对本土族群的深刻观察，为许多人所不能及。

陈跃子的文学作品，成就有大有小，但因为植根于潮汕大地，无不有其独得之处，而其成因远非三言两语所能概括。知堂老人曾感慨议论熟人的事情很不容易，因为不知怎么说才得要领。我与陈跃子，淡淡相交，一个是淡淡相交方能久长，另一个则是因为他的脾性。他为人低调，不赶时髦，我曾多次劝他启用微博、微信以方便对外交流，将自己的作品和主张传播得更远，他却一笑置之。

这么说着，我忽然有种穿越感，陈跃子的前世，或许是一位古代的士人！

持灯者

念高二时，郭作哲老师来我家，他是我父亲的朋友，也是樟林人，在城里工作。我父亲兴冲冲地拿出我高一写的、油印在校刊上的小说给他看。不到一千字，他没喝两盅茶就看完了，抬起头来严肃地注视着我问："真的是你写的？"我不高兴地说："是啊！"几个月后，我收到一本叫《澄海》的杂志，才发现小文《暖流》已经变成铅字，责编正是郭老师。中学毕业后我到北方念书，每次假期回家，总会在父亲存下来的各种刊物上读到郭老师的文章。这时读他的文章，已不单是少年时景仰他的缘故，我还将其当作了解家乡的风情事物、生活趣闻的一扇窗口。

1997 年，郭老师的散文诗代表作《沉思的风景》出版，里边记录了他多年来行走大地的轨迹以及引发的思考。写散文诗是最需要激情与灵气的，面对山川自然，面对乡土人情，面对人生际遇，抓住一刹那的惊骇与感动，借助喷薄而出的情绪和感悟，将稍纵即逝的意象转化成精准的文字，打个不甚恰当的比喻，作家就像盘旋于高空的鹰鹫那样虎视眈眈，随时准备发出一声兴奋的尖叫，俯冲下来抓走灵感这只灵活的野兔。写散文诗似乎更适合于年轻人，但我读后的第一个强烈感受却是文如其人，几可想见老师之风概：热情、耿直、率性，总是将自己内心的想法毫无顾忌地袒露出来。全书89篇，借景抒情，托物言志，不仅写其才情高致，所追求的自然意象、诗性神韵以及思想境界更是一览无余，颇有其独到之处。

如果郭老师一直埋头写他的文章，编他的《澄海》杂志，那也是合情合理的。天地之大，世路多歧，不干己事莫张口，活好自己，这难道不是一个人的权利吗？更何况，这份创办于1984年的杂志，是郭老师一手搞起来的。他将自己关在县文联的一间小屋里，组稿、编稿、校稿，还要联系作者，忙得不可开交。不久后他又主动接了澄海文学社，没有经费，全靠热情。他坚持每个周日将文学爱好者们集中到县文联六楼，培训、交流、改稿……大家你一言我一语，互相启发，取长补短，气氛十分热烈。其中有不少人后来带着作品走向全省、全国，而其处女作就发表在《澄海》杂志或《澄海文学报》上。

在那个文学事业蓬勃发展的年代，组织大量的文学活动消耗了郭老师太多的精力，经常有什么麻烦事打断他的创作构思，迫使他不得不停下笔来。为了将这些出挑的年轻创作者推介出去，郭老师利用业余时间，起早贪黑，写下了大量的文学评论，发表在大大小小的刊物上。至于他自己的学问和艺事，则不可避免地受到了影响，他散文家的声名，也为这种新的身份所掩盖。2011年，郭老师不顾古稀之年，写了一篇一万多字的评论文章《回荡于乡土的心灵牧歌》，对我的长篇小说《结发》做了深度的解读，从底层、人物、地域以及语言四个方面高度评价它，甚至不惜用"手执好书喜欲狂"加以形容。

2019年，郭老师的文学评论集《直逼灵魂的叩问》终于面世。这是一部跨度30个春秋、分别评论老中青36位作者的大书，其中既有曾在潮汕平原服役过的知名作家李西闽，又几乎囊括了澄海籍或者本地的优秀作家。用郑明标老师《序》里的话说，"它有点像一部当代澄海文学史"，而作为作者的郭老师，更是以一己之力大大地拓宽了澄海文学的天地，将澄海文学推向一个新的高度并让它真正地"走出去"。

我曾私下想：以郭老师的才情和那股热爱文学的劲头，要是心无旁骛地著书立说，肯定能够获得更高的成就，于人于己都好啊。但转念一想：若果真如此，澄邑虽然多了一位更加优秀的作家，却少了一位持续近半个世纪、为文学爱好者燃灯引路的"先生"，这片偏远渺小的文学田块将会变得更加荒芜，甚至颗粒无收。我后来屡屡读到家乡那些受惠于他、脱颖而出的作家的作品，在惊叹澄邑这方弹丸之地竟有如此多的文学人才、如此大的文化气象之余，这才暗暗庆幸他当初所做出的决定，也更加钦佩他的无私和努力。然而这些都还不是最重要的，二十世纪八九十年代，在经济浪潮的冲击下，不少年轻人在精神上产生了空虚和迷惘，拜金拜物、赶时髦的庸众俗流随处可见，这些积极向上的文学活动、这些富于艺术感染力的文学作品真是来得恰逢其时，它们犹如一条不断容纳小溪小流的大河被拉宽变长，浩浩汤汤地席卷过来，浸润着那些焦躁不安的心灵，悄然地改变了这片土地的文化生态。

我总以为，每个人来到世上是各负责任和使命的。记得《五灯会元》中有"是知灯者，破愚暗以明斯道"之句，而郭老师，就好比那持灯的人，怀着一颗在文学中寻求力量的炽热之心，在这熙熙攘攘、人情凉薄的世间，为文学爱好者指出了方向照明了道路，在有意无意之间温暖了一些卑微、孱弱的灵魂，在孜孜不倦的引导中改变了一些人的理想和情怀，从而矫正了他们生命的航向。

然而光阴荏苒，时代变迁，文学已渐渐成为小众，当我们再坐在一起谈论文学时，过去那种激情于今已不可复得，就是那一缕火热的信念也几乎被忘却了。我们喝着小酒高谈阔论，郭老师却如老僧入定，静静地听着。有时请他说一说，他总是笑眯眯地说自己年纪大了，耳朵不好使，脑子也跟不上了，总之他的话很少，但我们却能感受到他想说又没有说出口的话来。是的，他静静地坐在那里，好像在表达对于自己所珍惜的文学岁月的一种感悼，又好像在说，你们也要高高地举起手中的灯啊，让更多的后来者看清前面的路。

怀恩师

　　为了报考美术专业，我高二转学到澄海中学来，当时带领美术组的只有曾泓展老师一人，他是返聘回校的，已经六十多岁了。我们的画室设在学校礼堂的阁楼上，沿着木梯咚咚咚地跑上去，画架林立，墙上贴满同学们的习作，镜框里装着已经考上美院的师兄师姐们的优秀作品，桌子上地板上到处摆着石膏像、瓶瓶罐罐还有蔫了的蔬果。我一到学校，曾老师就找我谈话。他头发灰白，远看有几分清癯但并不文弱。不知道为什么，他偏瘦的身材、凸出的骨节还有微微蹙起眉头的表情，总给人饱经忧患之士的印象。他严肃地告诫我："你比人家迟来一年，更要下苦功夫赶上。"见我神色有些慌张，他好像忽然意识到什么，咧开嘴微微一笑："你的美术功底不错，文化课又好，好好努力一定能考上大学。"

　　从那天起，我就跟着同学们一起画素描、色彩写生，中间再见缝插针地画速写。老师常悄悄过来巡视。有时候画着画着，他突然在你的背后发声，甚至夺过笔来对着描

摹的对象狠狠地比画，用浓重的潮阳口音说出了那句在同学们中间广为流传的口头禅："比较比较再比较！"

每回画完一组静物，我们都习惯将作品摆在一起请老师点评，他三言两语总能切中肯綮，使我们长久不能弄懂的道理豁然贯通。

老师说话时全神贯注声音洪亮，即使只说给某一位同学听，整个画室的人也都听得清清楚楚。他经常在我们面前举例，他的哪位学生有多么多么优秀。我知道他并不是在炫耀，而是相信只有给我们树立标杆，才能去除我们内心的怯懦和惰性，唤起我们的热情和斗志。他还跟我们讲，他给他的老师郑餐霞（著名艺术家、广州美术学院原副院长）教授写信：老师，我虽老了，但仍在发挥余热……声音铿锵，豪情激荡。

老师情感丰沛直道事人，尤其是敬业精神往往让人肃然起敬。他平时总是温和地微笑着，可一旦遇到哪位同学不认真就会严肃起来，一时目光如炬嗓门跟着高上去，话一出口不啻当头棒喝。他的学生们有时难免会陷入尴尬的境地，但大家终究明白他的良苦心意，所以对于他的严厉呵斥非但没有心生怨怼，反以为是他气血充沛、富于激情的体现。当今社会，虚假、麻木、敷衍、冷漠、和稀泥的学风随处可见，像老师这样的当头棒喝显得尤为珍贵，像老师这种不肯曲学阿世、严谨执着的治学精神更是为时代所稀缺。

从 20 世纪 50 年代开始，老师无报酬甚至自掏腰包在学校办起美术班，组织美术兴趣小组，即便是在生活极端困难的情况下也不曾放弃，竭力支持有兴趣的学生走上艺术之路。老师从教近半个世纪，桃李满天下。每年暑寒假，在全国各地念书的师兄师姐们都会回到母校，自发地给我们讲解、示范，介绍外面的美术潮流，让我们接触到"包豪斯""结构素描"等新观念新知识。

2015 年澄中百年校庆，我回母校参加活动，陈泽师弟引我去拜见 91 岁高龄的老师。我图省事为老师准备了红包，作为对教泽师恩的一点表示。师弟马上提醒我："你忘了老师的脾气了？小心他把你轰出门去。"我听后满面羞惭，跑进超市买了些老人家喜欢吃的麦片、芝麻糊、奶粉之类的东西。师母已经过世，老师一人住在自己的老屋，晚上有亲戚过来陪伴。他好像知道我要来，把小客厅的灯全打开，兀坐于对着门口的扶手藤椅上，苍白的灯光流泻下来，勾勒出他黑魆魆的身影，其静穆的神态犹如一尊沉默但拥有着一种内在力量的雕像。

老师的老屋简朴却洁净，墙上挂着画、石膏，还有师母、儿孙的相片。老师比过去更瘦了，也因此显得傲骨铮铮。见到我他很高兴，拿出一本泛黄发旧的小本子查找着我的名字，他的学生实在太多太多了。别看他身体孱弱，精神却不见衰老，谈锋甚健思路清晰，记忆力非凡。他拉家常般地和我谈起过去的一些经历，又谈到我们念书时的一些人和事。他不停地用洪亮的潮阳腔调称呼我老兄弟老兄弟，让我莫名地感到羞愧——我也许是在为过去的怠惰荒疏、虚掷光阴而自责。

那一年 3 月 19 日，我看到王树生师兄在微信群里发布了老师的讣告，又看到无数沉痛哀悼恩师的内容接踵而至，方意识到一切都是真的发生了。

老师终年 93 岁，属牛，他正具有牛的脾气和品格，倔强磊落，俯仰天地而无愧怍。老人家一生耐得住清贫寂寞，虽历经无数困厄逆境，仍一心一意在艺术教育的天地里皓首穷年默默耕耘，如春蚕吐尽最后一缕细丝。而他正大的思想和纯净的精神，已如时雨润物化而无声，使那些从潮汕大地深处走出来的孱弱、卑微的生命，不仅感受到暖意，而且在他发出的光热里寻找着更加开阔的境地、更有意义的人生。

这些天我恍惚间仍然觉得老师还在世，还哗哗地翻动着那本泛黄发旧的小本子，吃力地寻找着他心爱的学生的名字……

老师走了，他的名字，还有对着门口兀坐的静穆神态却一直留在我的心里。

母　亲

　　母亲的娘家在镇上，父母都是医生。母亲姓张，六姐妹中排行老四，熟悉她的街坊都喊她的乳名"幼"。在那些泛黄的黑白相片里，母亲梳长辫，端庄秀美，双眼皮的大眼睛透出灵气，落落大方笑意盈然。母亲是老三届，跟父亲是同班同学，也都是学校文宣队的台柱子，高中毕业适逢"文革"无缘高考。在那个教师被斥为"臭老九"的年代，母亲心甘情愿到生活艰苦的农村去当一名民办老师，做知识的传播者。几年之后，母亲有幸被推荐去念师专，改革开放后，她不仅自学英语，还以惊人的毅力通过函授获得了大学文凭。在参加学习的三年里，她既要侍奉老人，还要培养孩子，就算家务有父亲分担，她也还有自己的一份职业，其艰辛可想而知。几乎每个周日，她先要骑车到镇上的车站，再坐一小时的公交车去县城，风雨无阻，最终以优秀学员的称号毕业。

　　一个人选择什么样的生活道路，按常情或世俗利弊是难以说清楚的。母亲起初或许只是出于对知识的渴求和热爱，将心比心推己及人，也可能想要以自己的智能和劳动，换一份简朴的温饱，过恬淡的日子。那时候她还说不清前面迎接她的会是什么，只能保持着平静、宽阔、从容的心境耐心守候。母亲是真正拥有某种内在精神品格，可以说到做到、坚持到底的人，到了后来，教书育人真的成为她生命里最为炽热的也让她倾尽心力的事情。

　　前段时间，广州有位年过五旬的书法家联系上我，说我母亲是他小学时的音乐老师，我才记起母亲最早教的是音乐。用最通俗的话讲，母亲是个"才女"，她不仅能够弹奏月琴、扬琴、手风琴、电子琴等多种乐器，还可以填词谱曲，至于唱歌跳舞更不在话下。母亲还会画画，可以一笔不歇地勾勒出一个仕女。我小时最想得到的奖励，就是让她给我画画儿。我不喜欢仕女，我喜欢她画的各种各样的动物，略带变形与夸张，眼睛很大，可爱极了。多年以后我再回想起来，觉得母亲笔下的人物或者动物都是大眼睛，而且特别有神，就像她自己的那双眼睛。

　　母亲后来改教初中语文，最后又以一名中学英语教师的身份退休。母亲桃李遍天下，每年春节，我家总坐满来看望她的学生，有的风尘仆仆不远万里，有的就生活在周边乡镇；有的年纪比我还大，有的仍然是在校学生；有的已经功成名就，也有的只是帮人家送送煤气罐。我家的客厅坐满了，又坐到天井来，天井坐满了又坐到最外面的院子。母亲和父亲跑前跑后，沏茶水端水果，学生们怡然谈天不嫌简慢，满院子尽是笑声。有时新来一拨人，眼看没有立锥之地，早来的学生就只好依依告辞。客人走后，母亲常弄不清那些悄悄放在各个角落的礼物到底是谁带来的，而此种行为一旦被她发现，即刻紧追上去非要将礼物还给人家。逢年过节，邻居们经常可以看到这样的情景：我母亲追到院子外边的大路上，顾不上平时的斯文，鼓足劲儿地喊，还跺着脚，她的学生边脸红耳赤地逃跑，边朝着她的方向幅度很大地挥手，或者合掌抖动以示不过是一点小小的心意。我一直不知道母亲如何给她的学生上课，如何教导他们，又如何能够让他们在数十年之后依然对她念念不忘，满口春风。

　　说起来母亲不光是个教书匠，还算得上半个郎中。由于耳濡目染，她从小就知道许多中药材的用法，对那些常见病懂得如何对症下药。我家有个常用药物的柜子，在小时我的眼中是个神奇的所在，只要我们三兄妹中的哪一个积食不化、肚痛难忍、头晕眼花……母亲就会打开它，让我们服下药丸药散，或者往脑门、肚脐周围抹上什么油，轻轻揉一揉，痛苦仿佛在瞬间减轻了一半。至于我家的老人们得以健康长寿，安享晚年，更是与母亲深谙医学知识、懂得精心照料密不可分。

　　母亲的手很巧，在物资匮乏的年代，我和妹妹们的新衣大多出自她的手。母亲白天上班，只能利用晚上的时间做衣服。有时我一觉醒来已是深夜，耳边仍然响着缝纫机发出的声音，嗒嗒嗒，嗒嗒嗒，忽然停下来，过一会儿又嗒嗒嗒，嗒嗒嗒，像支好听的催眠曲将我重新送入睡梦里。

　　小时候我喜欢跟母亲在一起，总觉出她身上有层出不穷的新东西牢牢地吸引着我，影响着我。若是遇到挫折，受了委屈，只要得到她的抚慰，眼中破碎了的世界就会带着一种新的美好重新黏合在一起，周遭的一切又显出了生气。在我单纯而真实的情感世界里，母亲是精神上一种圆满、深奥、恒久的化身。我尤其喜欢母亲性格中的平和与自然。在她的灵魂深处，有一种因见惯了大风大浪，自觉地将个人的梦想和希望压缩到最小的心安理得。而对于别人的希求，她则怀着一种柔顺的亲切朴素的情感，不找借口只知尽力。但是母亲并不软弱，对于原则性的事情毫不含糊，也有着解决复杂问题的智慧。邻里纠纷，夫妇勃谿，朋友反目……她主动出面调解，许多矛盾之所以最终得到解决，许多坏事后来变成好事，我想不是因为她有多能说，把道理讲得多透彻，而是由于她是闹矛盾的双方所敬重的人。熟人家的孩子考大学凑不起学费，她欣然解囊；谁家的闺女要找对象，她热心张罗……每次帮助别人，她都表现得那么和蔼诚恳、那么自然而然，就像香气从花里散发出来一般，而一旦受了别人的点滴恩惠，则念念不忘。

　　几年前，我父亲独自到深圳办事，我们父子俩聊到深夜，他忽然聊到我母亲，说起她种种的好来，当他说到她悉心侍奉四位老人时，言语中饱含着感激与赞赏。我父亲小时被过继给他伯父伯母当儿子。他们先是照顾着这两位老人，诚恐侍养不周。两位老人走后，他们又将我祖父祖母接来。待送走最后一位老人、我那一百零六岁的祖母，我母亲也已年逾花甲。谁都知道，老人晚年大多体弱多病，常瘫于床，洗身喂食，导尿淘粪，那些辛劳，岂能一言以蔽之！很多人都说她这个儿媳当得真不容易，她只是淡然一笑。

有一年，我在单位提拔时遭受一点挫折，不少人为我鸣不平。母亲知道后夷然处之，说这样也好，你的压力就没有那么大了。她最爱对我说的一句话就是，"身体最重要，别的顺其自然"。在我的印象中，母亲经常含着笑，好像没有什么事能难得倒她。我想不是她多有能耐，而是她面对生活的那份从容与恬淡，使生活也随之平顺起来。她曾经说过，你怎么对生活，生活就怎么对你。

母亲热爱运动，退休之后，她和我父亲在家乡创办了一个"太极园"，有拳友近百人，他们经常带着队伍参加比赛，获得了不少奖励。每逢节日，他们还将大家组织起来表演文艺节目。母亲一人多"岗"，又导演又排练，又演出又指挥，忙得不亦乐乎。在她的指导和鼓励下，连那些大字不识几个的阿婆也敢于走上舞台边唱边跳。

母亲喜欢旅行，但每次都是匆匆出门又匆匆归来。她离不开她每天喂养的鸟儿和锦鲤，离不开她每天浇灌呵护的植物，尤其是那些遍布阳台、天井、客厅、院子的不同品种的兰花。春天里，阳光满院，繁花如簇，兰花因其质朴淡泊、清新高洁、风骨卓然而有别于其他花花草草，我忽然明白，母亲缘何爱兰花。

父　亲

　　父亲的上面有七个兄姐，他最小，长身体时正遇上饥荒年，所以个子长得不高，但双目奕奕有神，气宇轩昂。父亲是老三届毕业生，遇"文革"无缘高考，"大自然"便成了他最好的老师，他后来的知识大多是从劳动实践中得来的。父亲自幼禀赋聪颖，好学深思，富有才情，年轻时曾摆弄过二胡、小提琴等乐器，唱起歌来中气十足，尤其适合唱那些雄壮的革命歌曲。他还会唱潮剧，我喜欢听他与母亲合唱的《春香传》，特别是"钟楼钟声响叮咚"那一片段，情感饱满而又十分投入，一唱一和，无不叫人动容。父亲没有加入什么作家协会，但从年轻开始，许多文章就发表在报纸杂志上，他的笔名叫韩杰，既与原名"汉杰"谐音，又是为了感恩母亲河韩江。父亲写古体诗，懂书画，可以说，他是我艺术上的启蒙老师。年少时他曾严格要求我练习书法，我写过一阵子，终嫌枯燥乏味再加上青春期的叛逆而放弃，至今想来仍感惋惜。至于写作和绘画，幸得有他燃灯引路启我心智，让我懵懂无知的精神天

地一点点地明朗起来，学会蹒跚着去表达这个丰饶的世界。

由于经历过时代的动荡与变革，命运多蹇，父亲这一代人大多相信大道如砥，学会苦中作乐，对物质的要求常施以减法，而在精神层面上的追求却永远都是加法，不息不止。他说过，人活着不仅需要温饱，还要有精神养分。正基于这样的认识，这个在困难中迎着压力而不屈服的硬汉，却具有一副富于人性的柔肠，无论顺境逆境，他都能随遇而安，活出滋味和兴致来，从不抱怨生活的不公，也没有产生过丝毫沮丧的情绪。

20世纪90年代初，父亲痴迷于奇石收藏，为此狠下心来戒烟，将省下的钱拿去买石头。我家到处都是石头，却从不拿来换钱，在他眼里，奇石是有灵性、有生命的，每回看他洗石、赏石，那专注投入、和善可亲的样子，总让人觉得它们是他领养回来的婴孩。他为奇石配座，提炼主题、命名、摄影、撰文，立意定位，赋意命名，并抓住其自身"美点"加以解读诠释，赋予其历史文化意蕴，形成了文字。奇石收藏多了，文章也发表多了，尤其是他的赏石专著《天工意匠》问世之后，其声名更是沸沸扬扬地传开去，电视纸媒争相报道，很多朋友慕名而来，把我家那幢小楼变成了展览馆。父亲便热情地充当解说员，带着兴致勃勃的客人从楼下转到楼上，对着石头开讲鉴赏知识，母亲则像服务员，赶紧煮水泡茶，拿出点心水果招待他们。到了节日，家里更是一片繁忙，桌椅乱了，地板脏了，枝头上的鲜花被小孩子掐掉，笼子里的鸟儿被追赶得扑棱乱跳，金鱼在温热的小手里挣扎跳跃……往往是一拨未走另一拨又至。朋友们看不过眼，建议父亲收点门票或茶水费，父亲直摇头，说能让更多的人喜欢上奇石，懂一点收藏知识，他已经很知足了。

因为爱石，父亲将书房命名为"师石书屋"。从我懂事起，家里就像陆游的"书巢"那样，"乱书围之，如积槁枝"。父亲曾自豪地宣称："我家视书本如空气。"此话的确不虚，在他的影响下，我们三兄妹都将读书当作终生的兴趣。继 2010 年被评为"广东省十大书香之家"之后，2016 年，我家又被评为"首届全国书香之家"。

除了读书，父亲还喜欢摄影。在我还小的时候，他就常将那个不能随便打开见光的神奇匣子带回家，我和妹妹们刚一伸手触摸即被喝止，东西贵重，好不容易才借来的。买胶卷洗相片也很费钱，连我祖母都看不过眼出面干预，不过谁也无法阻止父亲鼓捣相机的热情，就像谁也无法阻止《百年孤独》中的老布恩迪亚对新生事物的狂热那样。特别是每年春节一到，我们就会被父亲动员起来拍张全家福。不知道为什么，小时我对拍照十分抵触。一切仿佛是为了反抗大人们的肆意摆弄，我坚持将满面愁容留在了相片里。而每当相片洗出来，我即知趣地躲得远远的，因为害怕看到父亲又惋惜又恼怒的神情。现在有了数码相机，我基本不再去洗相片，而父亲却仍到照相馆去，请师傅通过电脑对照片进行剪裁、去红眼、美化等处理，配上活动时间、主题甚至诗词，再给我寄来。不过他早就学会使用微信，虽相距四百公里，我却能很快看到他把"日常生活中稍纵即逝的平凡事物转化为不朽的视觉图像"。我逗他说挺新潮的，他说活到老学到老嘛。

"素抱难谖闲莫等，伊昔志事策谋猷"，父亲曾在《退休感怀》这首七律中表达了自己壮心不已、争创第二春的心境和情怀。他说到做到，把家乡近百位中老年人组织起来，创办了樟东太极园。太极拳运动不仅提高了人们的身体素质和生活质量，还在各级比赛中给他们带来了不少的荣誉。

父亲手很巧，什么东西一学就会。只要家里来了客人，他必定亲自下厨，而通过各种奇思妙想总会让习以为常的菜式面目一新。我上小学之后，最盼望的是春游和秋游，因为不仅可以玩耍，还能与同学们比一比各自带来的"香饭"。每回父亲总是在凌晨三四点起床，给我做他拿手的猪油炒饭，这饭里放有豌豆、香蘑和花生，放有香肠、腊肉、鱿鱼丝，还有好多我所不知道的作料，反正是油汪汪香喷喷的，十分诱人。到了中午，只要我将饭盒端出来，就像打开魔盒一般，马上将同学们吸引过来。那个时候，我是多么得意啊。

父亲不仅善于烹饪，还是栽花种草的好手，什么时候浇水，什么时候施肥，什么时候除虫，什么时候换土，他都心中有数。有时我会看见他把茶叶渣子倒在了某盆花上，有时又会看到他挖出半盆花土，放上砸碎的豆饼，再重新掩上土壤。我觉得在他眼里，这样的劳动不仅仅是工作之余的调剂，还是一件愉快的事情。可是他也有顾不上的时候，照料花草的任务就落到我的头上。开头我并不乐意，但几次之后也就习惯了，有时听他夸几句，还有些飘飘然，觉得这满院子的姹紫嫣红里，也有自己的一份功劳。

我老家的天井，过去常年摆着一个凸肚厚皮的大缸，里面种着莲花。冬天，家里的缸里只看得到枯萎的叶柄，只有到了春天，父亲才会给它重新换上新泥。每年我都会随他到池塘边去，看他拿一个绑了根绳子的小铁桶，像耍流星锤般地甩了甩，抛得尽可能远，待它沉下去后再压住绳子慢慢地往回拉，拉到岸边，倒掉桶里的水，将剩下的黑泥扑噗扑噗地倒入大桶里，待两个大桶都装了七八分，这才挑回家。塘泥黑乎乎如芝麻糊，细软肥沃，扑噗扑噗地被倒进了大缸，然后就可以栽上藕秧子了。几场细雨过后，小荷便露尖尖角。到了夏天，天气很热，傍晚时分，父亲就拨开密密层层的叶子，剪下粉嘟嘟的莲花，把肥大的花瓣掰下来一片一片地塞进一个白瓷壶里，搁几粒冰糖，冲上开水。整个晚上，我们都喝着这带着新鲜香气的"莲花水"，不仅齿颊留香，还可一洗尘心……

可以说，父亲是个有生活情趣的人，也是个矻矻求真的人。有生活情趣，就不会孤高自许，即使面对时代的大悲大喜也能泰然处之，使得卑微的人生有了亮色，孱弱的情感多了暖意；有求真精神，则能够以诚相待，肝胆照人，朋友遍天下。当然，父亲也非完人，莎士比亚曾说过，上帝造人，先让他有了缺点才能成为人。父亲性子急，有时也会感情用事，另外由于兴趣广泛，多少影响了他在某些领域里的精探……我以为不揭示这些，就难以呈现父亲完整的形象，因为他终究是一个平凡的人，有着人性中脆弱的一面，譬如他戒掉了烟，却始终戒不了酒。

每次回老家，我总是带上一瓶好点的酒，边陪着他喝边听他说一些趣闻奇事。有时他也会谈到这辈子的心愿，归纳起来为"一二三四"——安一个家，夫妻俩拿到大学文凭，养育三个孩子，侍奉四位老人。他一辈子都待在家乡的小镇上，中途有过调到城里的机会，却因要照顾父母和伯父伯母而不得不放弃。好几年前，我祖母以一百零六岁的高龄离别人世，父亲终于完成了他所有的目标。他说他虚度一生，没有什么超常的壮举，也没有什么骄人的成绩，但是没有遗憾。我却觉得，他比他想象的要做得多，也做得好。

如今，父亲把晚年的生活安排得井然有序，可以说没有虚掷寸阴。如果没有出去旅行，他必定会早上5点起床，一天下来，打拳、养花、读书、写文章、搞收藏、写字画画，寻师访友……从不中辍。他常说父母的健康就是对儿女最大的支持，我想想觉得颇有道理。

父亲很爱我，直到现在，他逛书城或者旧书摊，见到对我有用的书就会买下来，积多了装成一大纸箱寄给我。他从不对我的工作、生活指手画脚，更不要说大声呵斥，但我却时时愧然觉得自己不能严于律己，浪费了很多大好光阴。

我爱我的父亲！

镌刻在大地上的诗篇
——潮汕版画展前言

　　潮汕平原虽地处省尾国角，然因临海地利而孕育了潮汕人敢闯敢为之特殊品格，新兴版画能在此地生根发芽直至蔚为大观，既得益于侨乡文化的包容开放，也与潮汕人求新求变密不可分。几乎所有的艺术家在本质上都是改造者，他们渴望重塑日常经验，从更深层次打开人类生存的直觉和感知的阀门，以获取觉世的力量，抵达思想的渊薮。我每每观看潮汕版画，总会突发奇想，仿佛有此一境：农民们正将犁铧插向深厚潮润的泥土，一股热气扑面，为大地镌刻下耕耘的诗行。

　　潮汕版画，发轫于20世纪30年代，受鲁迅先生所创导的新兴木刻运动影响，陈普之、谢海若等前辈将版画的火种撒向潮汕大地，其作品大多坚实瘦硬，有石头的质感和砸落的力量。他们以刀为笔、以笔为旗，热情洋溢地融入历史的洪流、社会的变革中去。

　　新中国成立后，版画仿佛由黑白镜头向着彩色转换，

238

也朝着多元化发展，涌现出陈望及其精心辅导的杜应强、蔡仰颜、许川如、肖映川等一批个性鲜明的版画家。他们植根于乡土，不仅刻下家园四时风物的缤纷与恬静，更是展露改革开放的萌动与喧腾，作品鲜活明朗，笔端深情温厚，富于深刻的社会内涵和人文关怀。澄海也正是在他们的努力下得到了"版画艺术之乡"和"中国民间文化艺术（版画）之乡"的美誉。

走进新时代，潮汕版画创作以中青年版画家为主力军，在当代艺术语境中迅速转型，融汇了多种不同的媒介，创作出一批既承接中国文化传统又富于时代精神的佳作，屡屡在全国性美展中脱颖而出。在这些作品中，有的墨彩交融跳跃冲击视觉，有的淡雅清新韵味悠长，有的吸收西方的构成而含蕴着象征与暗示……杜雄伟的《春天的故事系列·农家工厂》、吴俊明的《时尚购物》、林映涛的《蓝天丽日》和林德雄的《钥匙》等作品，也像前辈画家的佳作那样，以独到的美学精神和开阔沉静的气度超越时空，进入新一轮的经典化过程……而对于艺术家们来说，他们还将继续自觉地肩起这个伟大时代所赋予的使命和责任，以各自不同的艺术表达，在美学形而上的维度上创造新的可能。

有人说，艺术以不可思议的力量改变人心。欣赏潮汕版画，须试着将自己变小，放慢，回到传统、回到诗意、回到内心、回到一切的本源。潮汕版画家的文化视野和对生活的深切体验，都呈现在这次展示中，潮汕版画近百年的生长、融合、突破、发展的轨迹，也都在这次展示中。迄今为止，我对潮汕版画的认识依然是肤浅的、片面的，因为它不仅仅是一种绘画的形式，也不仅仅是一个时代的印记，它更是一个深沉而博大的世界。

第五十一幅影像
——评梁二平马格里布五十猫诗影展

　　二平兄发来一组配诗的照片，主角皆是猫。我观后大为讶异，之前只知他是资深媒体人、名作家，更是考据严谨的海洋文化学者，岂知也有和我一样的嗜好：爱猫。于是我眼中的梁二平便变得更加有趣了，也只有有趣的人才能拍出这些有趣的影像，写出如此至情至性的诗歌。

　　翻开这五十幅影像，那些可爱的精灵就像从一条条看似平淡的胡同、从某一块阴影下某一个角落里悠然走出，似乎它们才是"日落之地"（马格里布的阿拉伯语意）的真正主人。你甚至不会觉得有什么突然或者特别，就好像你曾经见过它，它也早就融入了你的日常，是一件再自然不过的事。它们有的走起"猫步"，有的蹲伏于窗台墙角，有的一跃而过，也有的盘成一团，睡在离你极近的地方，近得可以听到它均匀甜美的呼噜声。

　　梁二平的摄影作品经营布局颇具创意，也许是出于对海洋的痴心热爱，几乎每一幅影像都能见到明丽的蓝色色调——蓝色的天、蓝色的墙、蓝色的门窗、蓝色的饮水池、蓝色的盘碗、蓝色的猫窝还有当地人蓝色的衣饰，就连那些猫咪，仿佛也都沾染了海洋的气息，干净独立、温暖惬意。而旧街道旧建筑的厚重感与猫咪的娇柔灵巧又恰恰相映成趣。

对于爱猫之人，有猫的地方就有风景。在每幅影像里，你可以看到梁二平用平等的视角来观察它们、欣赏它们、喜欢它们，并借助于视觉意识最隐喻的语言，敏锐地捕捉着它们的细微表情：有的瞪着机灵古怪的眼睛，有的犹犹豫豫略显羞涩，有的与同类淡然对视，有的向人类邀宠卖萌……也正是这些细微之处才能体现更为本质的东西，流泻出动物与环境、与自然还有人类之间隐秘的依赖与和谐，深切地打动人心。至于在猫咪眼里，这位匆匆的过客给它们留下什么样的印象，梁二平在诗歌里已经告诉了我们：（猫）"看到什么，听过什么，人类无法参透"。

梁二平的诗歌一洗陈腔滥调，清新雅洁简约，庄重中又不失诙谐。既将猫咪那种自由自在、独立超脱的特质勾勒得清晰动人，又把自己的思维、视角、创想上升到形而上的哲学高度上去，诱发观赏者更深的思考、更多的想象。

在历史的帷幕下
你穿来穿去，试图嗅出
腓尼基人丢失的昨天

　　无论是这些影像还是诗歌，看似从容不迫信手拈来，却又自然地流露出创作者的博学多才、风趣，还有纯真的情感，非一般摄影家或者诗人所能达到。尤其让我欣赏的是，这五十幅"诗影"不仅见其艺术功力，更彰显其情趣襟怀。应该说梁二平对生活对自然的热爱、对生命的思考，还有对世间一草一木的情感早已蓄积在胸，因而触机而发绝非偶然。这些"诗影"，与其说发自创作者的潜意识里，毋宁说是日常识见积厚的挥发，是介于有意与无意之间的自然反应，它正好去其矫情刻意，达到超脱浑成的效果，既状难状之态，又显难显之情，既反射出作者对现实生活的基本态度和精神趋向，同时也使观赏者获得一种崭新的理解和体验。

　　梁二平策划过无数次海图展，而这一次终于轮到他自己。他所拍摄下来的影像，实际上是胸中之诗的转译，而以文字诠释影像，则是为了宣示诗的意境。诗意与影像非常切合，可以说是相得益彰，于不经意间达到了东坡先生所言的画中有诗、诗中有画的美好境界。至于观众，正好借助于影像和文字的媒介，透过一个个被定格的精彩瞬间、一首首耐人寻味的短诗，感受大自然的清新气息，倾听历史的沉重回音，在了解创作者艰辛跋涉的生命历程的同时，实现了与他之间的神交，实现了心与心的撞击情与情的交融。

我与梁二平有过一面之缘，几年前他邀我参加他组织的"通向书乡的地铁"暨地铁小说还乡活动，给我留下了较深的印象。他的嘴角总挂着一缕笑意，既从容淡定又豪爽风趣，说话真诚且具有说服力，我想这跟他游历四方、经见过大风大浪不无关系。

　　写到这儿，我的眼前似乎浮现出梁二平的第五十一幅影像，这回的主角不再是猫咪而是他自己。他身着迷彩装，支棱起耳朵，身手矫健地潜伏在马格里布的某个街角，太阳沉落，周遭呈现出一种敛尽余晖的清亮，他的眼睛和镜头如猫眼般熠熠发光……

用心读画，可聆天籁
——评王祥夫草虫画

看过王祥夫老师苍茫、浑厚的山水画，断然不敢相信眼前这些清清爽爽的花卉、活活泼泼的草虫也出自他的笔下。这些草虫画明净舒简、澄澈空灵，质朴的深处却涌动着探索的欣喜与活力。

王祥夫自小习画不辍，继承雄健的中国笔墨传统，又放眼西洋各大流派，胸罗古今中外，而又目无古今中外。他的花卉草虫从向齐白石等前辈取经，到逐渐有了自己的态度，自成一格，充满了王氏韵味。那些谷穗、水仙、鸡冠花、紫藤或者秋海棠，多是大写意，看似"粗枝大叶"，寥寥几笔中尽显功力，不过当那些草虫一闪现，这些"粗枝大叶"便只好退到后面去，成了渲染烘托的背景。他笔下的蚂蚱、蛐蛐、蜻蜓、蜜蜂、灰蛾……无论工与写，皆形神兼备纤毫毕现，没有一丝丝的造作与呆板，特别是最难画的虫足，一提一顿，一转一弯，笔断而意连，有筋有骨又富于弹性。如此工写相衬，虚实、动静、浓淡、繁简、素艳相结合，既能致广大又能尽精微。观王祥夫的画，不喧哗，不芜杂，不清高，也不媚俗，线条简逸，色彩淡雅，给人以内心的安宁。宗白华先生曾说中国画表现了宇宙的"无限静寂"，那些花花草草还有小虫，还有因小虫的鸣叫而益显幽深的氛围，都折射出画家平淡、恬静的心态。而作为观赏者，则不得不调动视觉、嗅觉甚至听觉，仿佛一不留神，那些可爱的精灵就蹦没了影。

我以为，王祥夫的画是典型的文人画。文人画曾作为古代知识分子遣怀的方式，表达精神诉求，和俗世政权抗争的一种委婉手段，它的存在稀释沉积于文人心中的苦闷，纾解了精神上的重压。王祥夫的作品既不取媚于上，也不炫耀于下，他所描画的不仅仅是现实表层和面面俱到的"形似"，还接续了文人画"寄寓"的可贵传统，除极力画其所见，还画其所想、所知，因此从他的画里，你能读出的更是他的人品、才情、学养、操守、趣味等。

但是，王祥夫的作品有时又似乎超出了文人画的范畴。首先，在中国传统文人画中，梅兰竹菊等成了文人寄托志趣、情操的物象，而王祥夫的作品却远远超越了固有的题材，他将花卉草虫这些寻常百姓喜闻乐见的题材纳入了创作中来。无论画里的物象，还是题字、印章，都看不到一些文人所具有的尖酸、怨怼、诅咒、妄自菲薄、消极颓废，而是呈现出对鲜活生命的褒扬、对大自然的热爱、对乡村生活的眷恋、对艺术精纯境界的追求。

其次，不少文人画家以为文人画专指水墨画和大写意，将画"工"的作品剔除出文人画之列，我倒以为这失之狭隘。并非所有的画家都敢于将精细复杂的草虫入画，因为这需要极高的写实能力，更难的是如何甩掉精雕细刻所引发的那种刻板，使作品散发出更多的生活气息和乡野趣味。

王祥夫的作品属于文人画与否其实并不重要，重要的是它具有强烈的感染力和深刻的人文意识。他曾说过，"文字与绘画一样，要达到那么自然舒适，一切都从平常起，但一切到最后又归于不平常，不平常也只藏在平常之中"。可以说，他的审美情感是平民化的，但平民化的作品不是给人以社会性主题的图解，而是更加原汁原味地展示出生命中的本质力量，从而由低调的平民意识升华为深沉的人文关怀。这一如他专注于底层的人物和琐细的生活的短篇小说，牢牢植根于乡土，从卑微且苟活于草间的草虫中寻找共鸣。他那简约的用笔、准确的把握、高度的提炼，更是助他对大自然和大自然中的生灵传达出丰富的情感：喜爱、怜惜、慨叹、欢欣甚至歌颂，并将自己生命的体验——或创痛或欢悦、将人生的况味融进笔墨色彩构图之中，从而构建起自己的风貌，创造出独特的艺术魅力。

用心读画，可聆天籁！

浸透着时光的歌谣
——评赵澄襄中国画

　　和许多人一样，我喜欢看赵澄襄老师的画。在她的画里，那些离我们似乎很远的旧时风物纷纷呈现，一下拉近了彼此之间的距离：古色古香的屏风、老家具，青花、粉彩的瓶瓶罐罐，漆盒年画，绮丽回廊和巨大的菱缸与缸中的清荷，就连潮汕逢年过节祭神用的粿品糕点的印模也能入画。从她的画里，你能看到那些浸润着民间智慧的剪纸、皮影、戏剧的影子，带着几分世俗、几分乡野气，又不乏优雅自在；那一枝一叶、一桌一凳，成为营造环境氛围的手段，明亮干爽的大堂，洋溢着雅气的书斋，温馨闲适的茶坊，清风徐来，让人不由自主地陷入沉思、幻想、期待之中。这时一只蜷缩在椅子上打着微鼾的猫儿，或一瓶吐出幽幽香气的鲜花，把人们的思绪带回到往昔的时光，纯真，亲切，醉人，仿佛有歌声，不是流行音乐的那种快节奏，也不是美声的那种激越与昂扬，而是民歌，是潮汕大地那种优雅怀旧的歌谣，悠悠地从哪个不易觉察的角落里飘过来，低回婉转，风情万种。

赵澄襄创作从不苛求画面宏大的气派，也从不去给作品贴上什么政治标签。她安安静静地怀念着那些曾让她感动过的东西，安安静静地画。她的画里不外乎两类，一类是出于对文人精神的向往，通过画笔构建心灵的理想空间；另一类是对早年生活的回望，抒写出那种深情的眷恋。就像她说的那样，"怀旧其实是一种感悟，是在过去流逝的日子里慢慢叠增起来的一种情愫"。在许多新潮画家高喊"反传统"、渴望着变革与新生的今天，她却反其道而行之，植根到传统和民间中去，从中汲取养分，发现无穷的灵感和情趣。她以一个"后卫"的姿态守护着一脉相承的中国画传统，把记忆中对故土的依赖、眷恋，经由笔墨转化成心中理想的精神家园，让奇特的构思和审美情趣在宣纸这种特殊的材质中得到淋漓尽致的体现。在几十年孜孜不倦的追求中，她营造了一个属于自己的家园，形成了一种内化的典雅淡逸的风格、一种高远清新的意境。

没错，赵澄襄得益于传统艺术，自觉地站在民间立场去寻求启发。虽然，她画里所反映的是看似"个人化"的生活，却能从回忆中跳出来，置身事外，用"出世"的目光来打量俗世。即使是她用奇特的视角来观察生活，也不是为了让别人知道自己"站在高处"，而是相反，凭借对潮汕文化的热情，还有深厚的学养和女性细敏的触觉，外加一种淡泊的心境来描摹家乡的风物，赋予俗世一种深厚、质朴、清丽脱俗的美，以记忆中的材料建立起一个别开生面的天地。厅堂一角，书房一隅或者小院深闺，不是单纯为了营造环境氛围，而是作为一种艺术的审美精神出现的。她的画继承的不只是一种常常被人误解的所谓"形式"，而是一种令人温暖的、内在的、发人深省的东西。她以一颗静观而自然的心，向着人们诉说那些仿佛远离尘世，又如同常人般日复一日的平淡生活。

然而，一个艺术家如果一味拘泥于传统势必作茧自缚。吴冠中说过："怀旧是一种情怀，而创新是欲望，是现实的必须。"贡布里希在《艺术发展史》也写道："事实总是证明，低手庸才试图循规蹈矩却一无所获，而艺术大师离经背道却能获得一种前所未闻的新和谐。"赵澄襄注重形体间对比与联系，一方面，她参照西画透视的方法，却又不拘泥于形式，对它们进行大胆的变形或抽象。她更善于把握空间层次的变化与转换，以几何面的分割、点线面的构成、黑白灰的处理，赋予其画面的空间感和自由度，增强视觉的张力。在色彩的运用上，她借鉴了西方油画、装饰画的大色块处理方法，注重画面大色彩结构。与此同时，她又将从传统和民间中提取的花纹、色调融入创作中去，强调细微的变化，使作品更加情感化、自然化和更富于装饰味。也就是说，她巧妙地把传统的内容和西方的形式、把中国画的技法和西方的构成法则、把民族化与现代艺术的意识紧密地结合在一起，在工笔与写意之间探索构图的形式美和韵律美，每一根墨线，每一个笔触，每一片色块，都具有她追求的中国笔墨的丰富性。所有的这些，无疑是她对传统中国画的突破和发展。凭着对多元文化的理解和积累，还有对生活的包容、敬畏乃至彻悟，赵澄襄徜徉在光与色、线与面、虚与实、情与景、抽象和具象之间，追求"空山不见人，但闻人语响"的审美情趣，从必然王国走向自由王国，从而形成自己的一体；那淡而有味、丽而求逸的个性化风格，在高手如林的当今画坛独树一帜，备受瞩目。

面对那些拥有开阔的境界、充沛的生命色彩和音乐般的生动旋律的作品，我们就如在阅读一篇篇意境清新的散文诗，形散而神聚，在看似不经意的自由中感受到达到天人合一的和谐。

"好的画家应该是个文化人"，赵澄襄十分赞同陈逸飞先生的这句话。正因如此，她除了从事国画创作之外，还涉猎剪纸、壁挂、家居设计、书籍装帧、写作等多种艺术形式，并达到很高的造诣。"外师造化，中得心源"，她的作品之所以能够洋溢着亲切的生活气息、典雅清逸的意境、丰富的文化内涵，之所以能够凿通传统与现代绘画界限，做到"顺其自然"，水到渠成，不仅因为她拥有丰厚的学养和深切的生活体验，更重要的是，她有着一颗朴素、沉静、水一般澄澈的心灵。

斟杯酒，敬文字

我是七十年代生人。

我们那个年代，没有网络，也没有电子游戏，连电视都要等到我上初中后才渐渐普及，因此，我的童年少年的白天，大多奔跑于荒山野地，捕鱼捞虾打泥仗，身上糊成与土地一样的黑褐色。到了夜里，我们就会紧跟着某个不相识的大人，混进附近的一个剧场里。那是个露天剧场，椅子全是花岗岩做成的固定条凳，每晚除了放电影、唱潮剧，有时还会请来说书人说书。久而久之，很多潮剧的唱词我们都耳熟能详，《七侠五义》《隋唐演义》《水浒传》中的"古仔"（故事），则听得我们热血沸腾欲罢不能，满脑子全是英雄好汉的排名榜，经常为李元霸和裴元庆谁厉害争个声嘶力竭。在梁山好汉中，没有哪个孩子会喜欢宋江和吴用，因为我们只敬仰武艺高强者，单纯地认为靠自己的拳头征服世界才是最厉害的。正是这些"古仔"启蒙了我，引发了我编故事的热情。那时候我还识字不多，就将想好的武侠故事画在本子上，再模仿连环画给它配上些简单的文字，居然吸引了不少小伙伴。从那天起，一见面他们就会向我打听，接下来是什么情节，结果如何，坏人有没受到惩罚，催促着我快点画下去也快点写下去，这大概就是我和"文字"最早的结缘。

念初中后，我和文字的关系又近了一步，因为那个靠拳头打天下的幼稚的英雄梦消失了。在那个年代，人们的偶像不仅有电影明星，还有作家，由于可供娱乐的东西不多，好的小说被争相传看，《小说月报》《当代》《译林》《读者文摘》这样的杂志风靡全国，就连作文写得好的同学也被另眼相看，作为一个少年，想要别具一格，想要引人注目，就要写诗、写小说。我自然不甘落伍，尝试着写诗，记得有一首是歌颂杜鹃花的，还投稿到某一市级杂志，结果如泥牛入海，一直等到高二，才有一篇小小说发表在县里的内刊上……那时没有互联网，更没有朋友圈，世界完全由实物组成，别人来访，

我父亲就拿出这本杂志，小心翼翼地翻到我的那一篇，请人家指正，我则躲得远远的，心里既害羞又有点小得意。

后来念大学，功课没压力，我有空就到学校图书馆晃悠，不知不觉间，竟把里边的文学名著读得七七八八。我的专业文章也开始发表在一些知名的杂志和报纸上，论文还在学校举办的比赛中获奖。

大学毕业后我到深圳工作，有些人可能会说深圳没有什么文化积淀，这话只说对了一半，深圳确实是个新兴城市，但正因如此，它才没有历史包袱，没有固化的理念，这反倒给了我这个外来者更多的宽容和自由，给了我放飞的空间。记得那时候，我最爱去的地方就是书店，先是罗湖书城占据了我大部分的闲暇时光，之后中心书城的开放又给了我新的去处，书读多了，也就有了动笔倾吐的欲望。在我工作的第二年，有天同事的女友忽然问我，是不是写过一篇小说叫《无季节的寒流》，我惊讶地问她是怎么知道的，她扬扬手里的《佛山文艺》说："这里有啊！"我眼前一亮，小说的题目居然印在了封面上！这给了我极大的鼓舞，接下来我又试着写了几个，可惜投稿后终不见回音，慢慢地也就懒得动笔了，完完全全地融入深圳这列快节奏的列车中。现在回想起来，那阵子写东西的目的并不单纯，总惦记着发表被更多的人认可，总想要硬生生地活在别人的眼睛里。

此后时间一如滚石下山，人事也似风浪簇生，恋爱，

254

结婚，生子，热热闹闹地过了些年，可一旦静下来总觉得心头空落落的。时间被填满了，心里的洞却一天天变大。这时候文字又回来找我了，就像儿时的玩伴，虽久未见面，联系上了却没有丝毫的疏离感，一样亲切亲密。我和文字再续前缘，只不过这一次我更投入地去读别人的文字，也写自己的文字。久居深圳，不仅能够使我远距离地回望故乡潮汕平原，领略其风情特色，在此交汇激荡的多元文化也引发了我更深层次的人生思考。这些思考，短的融入《契阔》《永生》这样的短篇小说里，那些更多的情感和领悟，则汇成了《喜娇》《我们能否相信爱情》这样的中篇；而《结发》和《我们走在大路上》，正是我在深圳开始的长篇小说创作的尝试。时隔多年，我仍清晰地记得自己从笔写转为键盘打字、用心记下五笔字根的情形，直到后来运"键"如飞。

现代人都讲究投资回报，我倒是觉得，只有读书这件事投入小而收获大。你想想，别人用几年、几十年甚至一生的经验和感悟才总结成书，你花区区几十块钱，便能获得人家毕生的智慧，太划算了。我买书比读书要多得多，家里四壁都是书，触手可及也是书，各种书籍包围和组成了我的世界。我独坐一隅，却拥有了多姿多彩的人生，拥有了不同的时代，这既让我感到心虚，又让我感到富足。

对于我来说，文字这个朋友还有其独特的魅力。每个字都是由普通的笔画组成，每个笔画又像枯燥乏味的符号，可是当它变成词，串成句，顷刻便鲜活起来，有了色彩，有了味道，有了空间，有了温度，有了情感，有了宇宙万物，甚至有了超感体验。而小小的我就在其中游走穿梭，分不清是文字流淌着带着我走，还是我在带着文字走，总之我们就这样你追我赶，相互陪伴，一起悲伤也一起快乐，一起思考也一起想象，在不觉间共同成长。尤其是我，在拥有了丰富的生存和生活体验后更有了抒写的力量。文字看似轻微，只有写下来才知道它的分量——每个字都是作者的心血，都是对人生对世界的真实感知。

当然，偶尔我与文字也会闹些小矛盾，那是在写了又删、删了又写的时候。但是最终我们都能和好如初，因为文字包容了我，治愈了我，甚至救赎了我。我在文字这个朋友身上找到了属于我的大自在，也在其中完成了我的"英雄"的塑造。虽然他们不是秦琼，也不是林冲，只是生活中的凡人，可对于我，他们都是独一无二的，我成就了他们，他们更成全了我。

20世纪80年代到90年代，可以说是文字的黄金时代，现在却是数字时代了。互联网让全球化变成了可能，大家似乎离得很近，扑面而来的信息让我们应接不暇。这几年大家还在说现在是短视频时代，是自媒体崛起时代，文字变成铅字已引发不了大家多大的兴致，有不少文学出版社和杂志经营困难，纷纷转型。因为实在没有多少人愿意花点心思读读文字，也没有多少人愿意去和文字交朋友，毕竟文字不能让我们马上发达，和这个要求迅速变现的时代格格不入。不过对我而言，文字已然成为我生活的一部分，时代变与不变，都影响不了我和文字的交情。这个世界，总需要些隽永，总需要些恒定，除了"器"，还是需要些"道"。而我与文字，也已经不只是朋友这么简单了，我们相互依存，你中有我，我中有你，这个你我不分就是我和现实世界关系的体现。我更多的是在文字中活着，而不只是在深圳在某个地域活着，也不再是以一个具体的"我"活着，我就好比一棵树，伸展出千百根枝条，每根枝条都是一种别样的人生。我用文字描摹着各色各样的人生，描摹着世象万物，描摹着他人也描摹着自己。文字于我不再是什么工具，也不再是我年轻时想要扬名立万的手段；文字于我如空气一般存在，我看文字，也写文字，我们理解着彼此也塑造着彼此，这有点像一种生生世世的关系。

眼看着我也到了知天命的年纪，承蒙厚爱，作家出版社出版了我的长篇小说《拖神》，深圳报业集团出版社则出版了我的随笔集《草木人心》，算是实现了这些年我跟文字的一个浅浅的约定。直至今天，我甚至觉得我和文字的真正宿命似乎才刚刚开始，我在深圳的文学创作也才真正启航。人老话多，纸短情长，未来我可能还少不了继续碎碎念，念别人也念自己。

岁月可能会败美人，但从来不败好文字，那些闪耀着真理与思想辉光的文字，总会穿越幽暗的岁月一路走来，所到之处留下自己专属的印记，让时代在它们的怀中伟大起来。

此刻，在深圳的雨夜，不冷不热，不忙不闲，而我只想斟杯酒，敬文字！